DENISE

AF219307

Über den Autor

René Falk wurde 1955 geboren. Er ist ein echter Rheinländer und lebt heute in Troisdorf, einem Nachbarort von Köln. Schon sehr früh zeigte sich seine Neigung zum Schreiben von Kurzgeschichten, vor allem im Bereich der SF und Fantasy. Seine Vorbilder waren Isaac Asimov, Arthur C. Clarke und Marion Zimmer Bradley. Später richtete sich sein Interesse mehr auf das Genre Krimis & Thriller und bald begann er selbst damit, Krimis zu schreiben. Und wenn es ihm mit seinen Geschichten gelingt, dem Leser die eine oder andere entspannte Stunde zu verschaffen, hat er nichts falsch gemacht.

DENISE

René Falk

*Bibliografische Information der Deutschen National-
bibliothek: Die Deutsche Nationalbibliothek
verzeichnet diese Publikation in der Deutschen
Nationalbibliografie; detaillierte bibliografische
Daten sind im Internet über http://dnb.dnb.de
abrufbar.*

René Falk
Denise

Umschlaggestaltung: *Harald Brodesser*
Text: *René Falk*

Herstellung und Verlag:
BoD - Books on Demand, Norderstedt

ISBN: 978-3-7528-8487-6

Inhaltsverzeichnis

ÜBER DIESES BUCH

»Sag doch mal, Tobias, wie das damals war, als du und Denise Partner wurdet!« Kommissarin Christina ›Chrissie‹ Ohlsens Neugierde während eines gemütlichen Abends mit den Kollegen weckt Erinnerungen bei Kriminalhauptkommissar Tobias Heller, und er beginnt zu erzählen.

Die Geschichte führt seine gebannt lauschenden Zuhörer in eine mehr als acht Jahre zurückliegende Vergangenheit: Der Journalist Helmut Scholl wird morgens in aller Frühe von einer Nachbarin tot in seiner Wohnung aufgefunden, wobei die Leiche vollständig bekleidet in der Badewanne liegt und auf den ersten Blick keinerlei äußerliche Merkmale von Gewalteinwirkung aufweist. Dennoch alarmiert die verstörte Frau umgehend die Polizei, und die erst einen Tag zuvor aus Köln zur Siegburger Kriminalpolizei gewechselte Kommissarin Denise Malowski wird angewiesen, sich der Angelegenheit gemeinsam mit ihrem neuen Partner Tobias Heller anzunehmen.

Es handelt sich um die allererste Ermittlung, die das frisch zusammengewürfelte Ermittlerteam zu bewältigen hat, und sie gestaltet sich aufgrund gegenseitiger Vorbehalte nicht eben unproblematisch.

Wege entstehen dadurch, dass man sie geht.
- Franz Kafka -

PROLOG

Freitag, 2. Februar, 20:23 Uhr, Gegenwart

Das *Bajazzo* ist wieder sehr gut besucht. Im hinteren Bereich der Gaststätte liefern sich zwei Dart-Mannschaften ein spannendes Turnier, an der Theke führen einige Stammgäste mehr oder minder tiefsinnige Gespräche, und im vorderen Bereich des Schankraumes wurden mehrere Tische zusammengestellt, die heute für die Frauen und Männer vom Kriminalkommissariat 1 der Kripo Siegburg reserviert sind. Die insgesamt sieben Personen sind ebenfalls in angeregte Unterhaltungen vertieft.

Hauptgesprächsthema ist der Fall des brutalen Mordes an Lottomillionär Alfred Neumann, der Anfang der Woche endgültig abgeschlossen werden konnte. Jetzt, wo alle notwendigen Nacharbeiten erledigt sind, löste der Erste Hauptkommissar Peter Donner, Leiter der Dienststelle, sein gegebenes Versprechen ein und lud heute die Mitarbeiter zu einem verspäteten gemeinsamen Umtrunk anlässlich seines einundfünfzigsten Geburtstages ein.

Giuseppe, der italienische Wirt, stellt das Tablett mit der bestellten Runde auf dem Tisch ab und verteilt äußerst gewissenhaft und bedächtig die Gläser. Seine Ohren sind gespitzt, die Hoffnung auf bedeutsame Informationen ist ihm buchstäblich an der Nasenspitze anzusehen. Nachdem aber endlich alle Getränke abgestellt sind, und auch ein gewissenhaftes Wischen mit einem Tuch über die Tischplatte keine Verzögerung mehr zulässt, ohne Verdacht zu erregen, zieht er enttäuscht von dannen.

»Sag doch mal, Tobias«, erhebt Kommissarin Christina Ohlsen ihr frisch gezapftes Bier und die so gar nicht zu ihrer zierlichen Gestalt passen wollende kräftige Stimme in Richtung des Kollegen Heller. »Du und Denise seid doch von uns allen am längsten im Kommissariat. Wie war das denn damals, als ihr Partner wurdet? Ihr geltet auf dem Revier als Vorzeige-Ermittlerteam und leuchtendes Vorbild für äußerst effektive Zusammenarbeit. War das von Anfang an so? Habt ihr euch gleich so gut verstanden?«

Wie auf ein geheimes Kommando verstummen alle am Tisch geführten Gespräche auf einen Schlag, und die Oberkommissare Wolfgang Müller und Horst Weiland wenden sich der Szene interessiert zu. Die neunundzwanzigjährigen Polizeibeamten, privat seit ihrer gemeinsamen Schulzeit befreundet, sind ja erst seit etwas mehr als vier Jahren bei der Truppe. Vorher in verschiedenen Dienststellen eingesetzt, nahmen sie Ende 2013 die glückliche Fügung gleich zwei freiwerdender Stellen im Kommissariat Donners zum Anlass, sich beide hier zu bewerben.

Das von Ohlsen angesprochene Ereignis, nämlich der Beginn der beruflichen Zusammenarbeit der heutigen Hauptkommissare Denise Malowski und Tobias Heller, liegt aber schon über acht Jahre zurück. Der einzige ›Zeitzeuge‹ ist im Grunde, außer den Betroffenen selbst, Donner, der damals aber ebenfalls gerade erst das KK 1 von seinem Vorgänger Bachmann übernommen hatte. Die Fragestellerin, mit Sechsundzwanzig jüngstes Mitglied der Truppe, ist sogar erst seit weniger als anderthalb Jahren dabei.

Christina ›Chrissie‹ Ohlsens Frage an den ihr gegenüber sitzenden Tobias Heller erregt somit das sofortige Interesse der gesamten Mannschaft, da über diese lange zurückliegende Zeit bisher nie gesprochen wurde. Denise Malowski zeigt ein wissendes Lächeln, wobei ihre Augen dem Partner aber signalisieren: ›Sag' jetzt bloß nichts Falsches!‹

Kriminalhauptkommissarin Melanie Heller, Leiterin des Kommissariats 2 und die Ehefrau von Tobias, stupst ihren Gemahl, der damit beschäftigt ist, unwillig die Stirn in Falten zu legen, mit dem Ellenbogen an. »Das ist doch bestimmt interessant für uns alle hier, Tobias«, fordert sie ihren Mann auf. »Na los, erzähl schon!«

»Wenn es denn unbedingt sein muss ...«, brummt der Angesprochene nach einer kurzen Denkpause und einem tiefen Schluck aus seinem Kölschglas. »Aber du bist dir hoffentlich im Klaren darüber, dass es in dieser Geschichte irgendwie auch um dich geht, Mel!«, wendet Tobias sich an seine Angetraute, die daraufhin lediglich stumm mit dem Kopf nickt.

»Okay. Ich werde euch dann jetzt von unserem allerersten gemeinsamen Fall berichten«, beginnt er die von allen geforderte und mit Spannung erwartete Erzählung. »Vielleicht kann mich Denise ja ein wenig dabei unterstützen, indem sie die Passagen übernimmt, wo sie mehr involviert war als ich. Außerdem ist es eine etwas längere Geschichte, und es ist die unseres ersten gemeinsamen Mordfalles.«

Tobias Heller schaut jeden Einzelnen in der Runde an. »Wie ihr alle wisst, haben Melanie und ich ja kürzlich zum zweiten Mal geheiratet«, fährt er anschließend fort. »Ich fange zum besseren Verständnis damit an, dass meine holde Ehefrau mich damals verlassen hat und aus der gemeinsamen Wohnung auszog. Es begann daher im Prinzip alles an einem Montagmorgen im Oktober 2009, also vor mehr als acht Jahren, und es ist zugleich die Geschichte über eine der ungewöhnlichsten Mordwaffen, von der ihr jemals gehört habt ...«

EINS

TOBIAS

Montag, 5. Oktober, 8:43 Uhr, 8 Jahre zuvor

Das war heute ganz und gar nicht mein Tag, dabei hatte der im Grunde ja noch nicht einmal richtig angefangen. Und die Wahrscheinlichkeit, ihn bis zum Abend noch zu einem Highlight werden zu lassen, war zudem minimal.

Was meine miese Laune auslöste? Womit fange ich denn da an? Da wäre zum Einen die Tatsache, dass ich derzeit keinen Ermittlungspartner besaß und daher von den Kollegen Theisen und Frohn als jüngstes Mitglied der Truppe wie ein Laufbursche behandelt wurde.

Vor ein paar Minuten erst drückte mir Oberkommissar Rolf Theisen, nur wenige Jahre vor der Pensionierung stehend - und der ohnehin die Arbeit nicht erfunden hatte - einen Berg an liegengebliebenem Kram zur Erledigung in die Hände.

Vornehmlich handelte es sich dabei um den von unserem Chef, Kriminalhauptkommissar Donner, schon mehrfach angemahnten Abschlussbericht zum aktuellen Fall. Wohlgemerkt: Ermittelt hatte nicht *ich*, sondern die Kollegen! Und wer durfte jetzt den Schreibkram erledigen?

Zu allem Überfluss hatte meine Noch-Ehefrau Melanie am Wochenende nach einem erneuten heftigen Streit kurzerhand ihre Sachen gepackt und war aus der gemeinsamen Wohnung ausgezogen!

Und damit kommen wir schon zum nächsten Punkt auf meiner umfangreichen Verdrussliste: Mel und ich waren vor unserer Heirat Partner hier im Kriminalkommissariat 1, daher hatte sie nach der Eheschließung vor zwei Jahren das Kommissariat wechseln müssen.

Als Ehepaar konnten wir nicht gleichzeitig gemeinsam ermitteln. Sie hatte mich also jetzt endgültig verlassen. Da sie aber im selben Gebäude ihren Dienst ausübte wie ich, blieb es nicht aus, dass man sich hin und wieder mal über den Weg lief. Ein absolut unhaltbarer Zustand!

Zwar wurde die Stelle innerhalb weniger Wochen neu besetzt. Meine neue Partnerin, frisch verheiratet, wurde aber bald nach ihrem Dienstantritt schwanger und stand für Ermittlungen nur eingeschränkt zur Verfügung. Nach dem Mutterschaftsurlaub quittierte sie dann für alle überraschend den Dienst.

Da mir die Arbeit aus diesem Grund rapide über den Kopf wuchs, wartete ich seit Wochen händeringend auf die von Donner versprochene Unterstützung. Dass ich aber zurzeit nicht unbedingt erpicht darauf war, erneut eine Frau als Partner zu erhalten, ist gewiss unschwer nachvollziehbar.

Ganz so hatte ich mir mein Leben nun wirklich nicht vorgestellt, als ich das Studium in Kriminalpsychologie an der Uni in Bonn schon nach kurzer Zeit abbrach, um voller Enthusiasmus bei der Kriminalpolizei mein Glück zu versuchen.

Zunächst war ja auch alles bestens. Melanie und ich bildeten ein äußerst harmonisches Team. Und ein Erfolgreiches dazu. Aber dann? Mel hätte mich nie verlassen dürfen. Weder beruflich noch privat! Gemeinsam waren wir einfach unschlagbar, wer könnte ihr je das Wasser reichen?

* * *

Statistisch gesehen gibt es etwa ebenso viele Frauen auf der Welt wie Männer. Berücksichtigt man aber die Frauenquote bei der Kriminalpolizei, müsste es sich bei der Person, die soeben an Donners Seite mein Büro betrat, mit hoher Wahrscheinlichkeit um einen Mann gehandelt haben. Was aber nicht der Fall war!

Noch bevor der Chef seine üblichen einleitenden Worte bei der Vorstellung neuer Kollegen aussprechen konnte, scannten meine Blicke nahezu automatisch die vermutlich künftige Partnerin: Etwas über Mitte Zwanzig, also etwa zwei oder drei Jahre jünger als ich, in flachen Schuhen ungefähr einssiebzig groß, sportliche Figur. Die schulterlangen, hellbraunen Haare zu einem Pferdeschwanz gebunden. Augen, die an das kräftige Grün einer frisch gemähten Sommerwiese erinnerten.

Wie von selbst erschien das Bild einer Frau in weißem Kampfanzug mit Gürtel vor meinem inneren Auge. Judo oder Karate? Dass sie eine dieser

Sportarten ausübte - oder eine Ähnliche - war mir sofort klar. Ihre ganze Körperhaltung drückte das aus, sie hatte etwas Sprungbereites. Und sie sah umwerfend aus! Ich seufzte innerlich auf. Ich hätte es wesentlich schlechter treffen können!

»Das ist Kommissarin Malowski, Tobias«, holte mich die Stimme des Chefs aus meinen tiefsten Gedanken in die Wirklichkeit zurück. »Sie ist ab sofort deine neue Partnerin!« Ich riss mich zusammen. Offenbar hatte ich die neue Kollegin etwas zu lange angestarrt, jedenfalls traf mich ein spöttischer Blick aus ihren Augen.

›Die ist sich ihrer Wirkung vollauf bewusst!‹, dachte ich. »Hi, ich bin Tobias Heller«, sagte ich aber artig und gab Malowski zur Begrüßung die Hand. Dann quetschte ich ein »Willkommen in der Truppe« hinterher.

»Hallo Tobi!«, entgegnete sie knapp. Ihr Händedruck war fest und zupackend, die Stimmlage klang angenehm. Weich und melodisch. Dass diese Stimme ebenfalls die Klangfarbe von Eis annehmen konnte, sollte ich zu einem späteren Zeitpunkt zur Genüge erfahren. Eines aber wollte ich ihr auf keinen Fall durchgehen lassen: die Verstümmelung meines Vornamens. *Tobi.*

Wie kommen die Frauen immer auf sowas? Ich beschloss, ihr diese Unart so schnell wie möglich abzugewöhnen. Ich mag es eben nicht sonderlich, wenn man meinen Namen verhunzt. Und ›*Tobi*‹ klang doch eher nach Dackel als nach Kriminalkommissar!

»Ich bin Denise«, schob sie aber gleich hinterher, als ich schon den Mund zu einer entsprechenden Antwort öffnen wollte. Gleichzeitig bewegte sie sich zielsicher zu ihrem künftigen Arbeitsplatz und würgte meinen geplanten Protest damit ab. Mit einem missmutigen Gesichtsausdruck tat ich es ihr gleich.

»Ja, also dann ...«, brachte sich Donner, der die Szene stirnrunzelnd verfolgt hatte, wieder in Erinnerung. »Wie ich sehe, hast du ja deinen Schreibtisch bereits in Besitz genommen. Dann auf gute Zusammenarbeit!« Beinahe fluchtartig verließ der Kommissariatsleiter das Büro und ließ mich mit Denise allein.

Er hatte garantiert die heraufziehenden Gewitterwolken zwischen mir und meiner neuen Partnerin gespürt und suchte vorsichtshalber das Weite. Vernünftige Entscheidung!

Der Rest des Tages ging dann aber zum Glück einigermaßen friedlich über die Bühne, was vor allem daran gelegen haben mag, dass Denise und ich uns weitestgehend gegenseitig ignorierten und unserer Arbeit nachgingen, die in ihrem Fall im Wesentlichen darin bestand, ihren neuen Schreibtisch zu organisieren.

Offensichtlich hatte bei ihr jedes Teil einem festen Platz zu haben, wogegen ich eher zu denen gehöre, die keinen Gedanken an die Frage verschwenden, wo ein Vorgang abzulegen ist und die dadurch eingesparte Zeit lieber später für die Suche verwenden.

»Gibt es hier keinen Kaffee?«, fragte sie mich irgendwann zwischendurch, worauf ich sie auf den Getränkeautomaten auf dem Flur verwies. Ich hatte zwar mal eine Kaffeemaschine hier im Büro, aber das fast schon als antik zu bezeichnende Teil gab vor einiger Zeit endgültig den Geist auf. Aus Bequemlichkeit war ich danach auf das Gesöff umgestiegen, das an besagtem Automat zu bekommen war.

Nachdem Denise das Zeug mangels Alternativen ebenfalls probiert hatte, verzog sie nach dem ersten Schluck angewidert das Gesicht und kippte den Rest kommentarlos in den Ausguss.

Nach der Mittagspause brachte sie überraschend einen etwas größeren Karton angeschleppt. Er entpuppte sich als Verpackung für eine neue Kaffeemaschine, die sie wortlos auf den Tisch unter dem Fenster stellte und sofort in Betrieb nahm.

Mit hungrigen Augen schaute sie dann der ersten Fuhre beim Durchlaufen zu und trank ihren Kaffee anschließend gierig in großen Schlucken aus. Mich beschlich der leise Verdacht, mir mit meiner neuen Kollegin einen Koffein-Junkie eingehandelt zu haben.

Es verstand sich aber von selbst, dass ich mich an den Kosten für das nicht billige Teil beteiligte. Die Atmosphäre blieb dennoch zwischen uns den ganzen Tag über extrem angespannt und ich atmete innerlich auf, als ich um 17:00 Uhr meine Sachen zusammenpacken und nach Hause fahren konnte, wenngleich dort jetzt niemand mehr auf mich wartete.

ZWEI

DENISE

Dienstag, 6. Oktober, 6:24 Uhr

Ich war ganz allein am Tatort. Na ja, nicht *ganz* allein, die SpuSi war auch schon vor Ort, wie ich an deren auffälligem Gefährt, einem am Straßenrand geparkten weißen VW-Bus, unschwer erkennen konnte. Ein Streifenwagen stand ebenfalls dort. Allerdings fehlte von meinem neuen Partner jede Spur. So sehr ich mich auch umschaute: kein Tobias Heller zu sehen!

Ich war von unserem Chef, Kriminalhauptkommissar Donner, persönlich per Telefonanruf aus dem Bett geklingelt worden und machte mich von Hennef aus, wo ich derzeit bei meinen Eltern wohnte, umgehend auf den Weg nach Troisdorf. Dort war eine männliche Person unter rätselhaften Umständen zu Tode gekommenen. Und da die Herren Oberkommissare Theisen und Frohn nicht erreichbar waren, traf es eben Tobi und mich.

Ich fragte mich, weshalb Tobias es nicht geschafft hatte, vor Ort zu sein, er wohnte schließlich in dieser Stadt. Aber wahrscheinlich sprang seine alte Karre wieder nicht an, eine über zwanzig Jahre alte BMW. Überhaupt war das ein komischer Kauz! Wie der mich bei der Vorstellung durch Donner schon angeschaut hatte. Als ob er mich fressen wollte! Und dann bekam er kaum die Zähne auseinander, sprach den ganzen Tag kaum ein Wort und tat unheimlich beschäftigt. Ob ich es mit dem lange aushielt, wagte ich schon mal, zu bezweifeln.

Meine Laune war zu dieser frühen Uhrzeit ohnehin auf einem absoluten Tiefpunkt, was vor allem daran lag, dass ich noch keinen Kaffee hatte. In der Regel braucht es bei mir mindestens drei Tassen, bis ich einigermaßen ansprechbar bin. Wer es vorher tut, spielt mit seinem Leben. Na ja, irgendwie.

Ich war gerade dabei, mich vollständig aus meinem funkelnagelneuen Smart Cabrio zu schälen, als ein baumlanger Kerl in einer für die Mitarbeiter der KTU typischen Schutzmontur mit raumgreifenden Schritten auf mich zumarschiert kam.

»Du musst die Neue sein!«, sprach er mich nuschelnd an. Die undeutliche Aussprache lag gewiss an einem schwarzen Zigarillo, den er im Mundwinkel wälzte, und der bei jedem seiner Worte lustig auf und nieder hüpfte. »Jürgen Vogel«, stellte er sich vor. »Ich leite den Laden hier!«

Damit war sicherlich die Forensik insgesamt gemeint. Na toll, noch so einer! Man hatte mich schon vorgewarnt, dass vornehmlich bei der KTU, aber auch im Kommissariat Donners, einige Chaoten herumlaufen sollten. Da war Tobias Heller mit seinem Schrottmotorrad, seiner ungeordneten Lockenpracht und der Angewohnheit, ständig mit einer Motorradlederjacke herumzulaufen, garantiert nicht der Einzige.

Nach nur einem Tag auf der neuen Stelle fing ich schon an, die Entscheidung, zur Kripo Siegburg zu wechseln, nachhaltig zu bereuen. Aber es liegt eben wesentlich näher an meinem Zuhause als Köln, wo ich vorher war. Trotzdem war mir der Wechsel alles andere als leicht gefallen, zumal mich mit Oberkommissarin Anna Stahl, einer Kölner Kollegin, eine gewisse Freundschaft verbunden hatte.

»Denise Malowski«, entgegnete ich übellaunig. »Kannst du mir schon was Genaueres sagen, Jürgen? Tobias müsste eigentlich auch jeden Augenblick erscheinen«, gab ich anschließend meiner Hoffnung Ausdruck, die ja bekanntlich zuletzt stirbt.

»Ist sein Hobel wieder nicht angesprungen?«, grinste der Leiter der KTU schadenfroh. »Der Tote liegt oben in der Wohnung im Dachgeschoss. Kannst rein, wir sind schon so gut wie durch. Komm aber unserem Pathologen nicht in die Quere!«, gab er mir abschließend einen gutgemeinten Rat. »Doktor Balensiefen schätzt es partout nicht, wenn man sich an *seiner* Leiche zu schaffen macht!«

Dieser Jürgen Vogel schien mir keiner zu sein, der viele unnütze Worte verlor, wodurch er mir gleich etwas sympathischer erschien. Da mein Partner immer noch nicht aufgetaucht war, ging ich derweil zu den uniformierten Kollegen, die neben ihrem Dienstfahrzeug standen und sich mit einer älteren Dame unterhielten.

»Kommissarin Malowski, Kripo Siegburg«, richtete ich das Wort an den Älteren, den Rangabzei-

21

chen auf den Schultern nach ein Polizeihauptmeister, und zeigte vorschriftsmäßig den Dienstausweis vor. »Was genau ist denn hier passiert?«

»Frau Steiner fand ihren Nachbarn vorhin tot in seiner Wohnung«, informierte der Mann mich stichwortartig und zeigte dabei auf die Frau. »Am besten befragst du die Dame persönlich zu den Umständen.«

Nun ist es aber Vorschrift, Vernehmungen zu zweit durchzuführen, und ich war immer noch ohne Partner, da von Tobias nach wie vor nichts zu sehen war. Frau Steiner wohnte jedoch, wie eine kurze Nachfrage ergab, im selben Haus wie der Tote. Ich entließ sie daher mit der Aufforderung, sich zur Verfügung zu halten, in ihre Wohnung, und machte mich allein und mit einer ordentlichen Portion Wut im Bauch auf den Weg zur Fundstätte der Leiche im Dachgeschoss des zweigeschossigen Hauses. Die Arbeit in der neuen Wirkungsstätte fing ja schon gut an, was die Zuverlässigkeit meines Partners betraf!

* * *

Man sagt, ein Ermittler betritt einen Tatort mit den Augen. Das stimmt. Es ist für jeden Kriminalisten unerlässlich, sich einen ersten umfassenden Eindruck des Geschehens in seiner Gesamtheit zu verschaffen. Es heißt ja nicht umsonst, dass der erste Anschein der wichtigste ist. Es war zudem gleichzeitig das Letzte, was der Täter sah, bevor er verschwand. Für die Aufklärung war *diese* Tatsache aber von eher geringer Relevanz.

Jetzt wäre es hilfreich gewesen, hätte ich meinen Partner dabei gehabt. Ich beschloss, den Burschen auf seinem Diensthandy anzurufen, um zu fragen, wo er denn so lange blieb. Doch kaum war die Nummer gewählt, die ich gestern als Erstes in den Kontakten gespeichert hatte, erklang in meinem Rücken lautstark ein Klingelton. Ich fuhr herum und funkelte den impertinent grinsenden Kerl hinter mir erbost an.

Es heißt, meine Augenfarbe wechselt in solchen Momenten von Grün nach Braun, selbst meine Mutter behauptet das. Mir persönlich ist das nie aufgefallen, vielleicht ist es ja nur eine optische Täuschung. Aber wer schaut auch schon in einen Spiegel, wenn er gerade zornig ist?

»Hi, Denise!«, wurde ich von Tobias aufgeräumt begrüßt. »Hab mich was verspätet!« Wenn ich etwas überhaupt nicht leiden kann, dann ist es eine dermaßen aufgesetzte Fröhlichkeit am frühen Morgen, wenn ich noch keinen Kaffee hatte.

»Ach was, ist mir gar nicht aufgefallen! Los jetzt, lass uns endlich anfangen!« Mit diesen Worten schubste ich ihn regelrecht durch die Eingangstür in die dahinterliegende Wohnung.

* * *

TOBIAS

Anscheinend hatte Denise soeben versucht, mich auf dem Handy zu erreichen, als ich im Begriff war, die letzte Treppenstufe zu erklimmen. Jetzt dachte sie bestimmt, ich hätte sie verarscht und schon länger hinter ihr gestanden. Und das war garantiert der Auslöser für gleich zwei äußerst verstörende Veränderungen im Gesicht meiner Partnerin, als sie sich zu mir umdrehte.

So etwas hatte ich wirklich noch nie gesehen: Ihre grasgrünen Pupillen wurden schlagartig braun, ich schwöre! Und gleichzeitig bildete sich über ihrer Nasenwurzel eine senkrechte Falte. *Eine* wohlgemerkt, und nicht zwei, wie es bei den meisten Menschen der Fall ist.

Viel Zeit, über dieses Phänomen nachzudenken, gab sie mir aber nicht. Ehe ich mich versah, befand ich mich in der kleinen Diele der Wohnung, vorangetrieben von einem heftigen Stoß in den Rücken. Da war wohl jemand mächtig sauer!

* * *

Es war das übliche Bild, das sich einem Mordermittler bietet, wenn er einen Tatort betritt. Eine gewisse Beklemmung befiel mich zudem, weil wir wieder einmal im Begriff waren, in den intimsten Bereich eines Menschen einzudringen: seine Wohnung. Man kennt das ja aus eigener Erfahrung zur Genüge, sofern man alleine lebt. Alles wird penibel hergerichtet und aufgeräumt, sobald sich Besuch ankündigt. Man will ja einen positiven Eindruck hinterlassen. Der Mann, dessen Behausung wir betraten, hatte dazu jetzt keine Gelegenheit mehr.

Langsam ließ ich meine Blicke umherschweifen. Die Räumlichkeiten waren sehr übersichtlich. An die winzige Diele, in der Denise und ich standen, schlossen sich linker Hand eine ebenso kleine Küche und ein Wohnzimmer an, wie ich durch die offenstehenden Türen sah. Hinter einer geschlossenen Tür zur Rechten vermutete ich den Schlafraum. Die gesamte Größe der Behausung schätzte ich auf etwas weniger als vierzig Quadratmeter. Die Einrichtung stammte überwiegend von einer schwedischen Firma, die mit großem Erfolg Möbel-Attrappen herstellte.

Neben Gegenständen des Alltags, vorwiegend Kleidungsstücken, die achtlos hier und dort auf den Boden geworfen waren, stachen wie immer die unübersehbaren Spuren, die Vogels Leute hinterlassen hatten, ins Auge: Vornehmlich kleine Nummerntafeln zur Markierung von möglichen Beweisen, und überall an den Wänden und Möbeln dieser feine graue Staub, mit dem seit Anbeginn der forensischen Wissenschaft Fingerabdrücke sichtbar gemacht werden. Eine der Türen des Wohnzimmerschranks stand weit offen. Anscheinend wurden dort Papiere aufbewahrt, denn einige davon waren davor auf dem Fußboden verstreut.

Auffällige Anzeichen eines möglichen Kampfes oder eines gewaltsamen Eindringens konnte ich aber auf Anhieb keine erkennen. Denise warf mir einen wissenden Blick zu, sie war anscheinend zu derselben Einschätzung gelangt. Na, immerhin schien zumindest die in unseren Beruf so immens wichtige nonverbale Kommunikation zwischen uns zu funktionieren. Wenn es bei Einsätzen zu brenzligen Situationen kommt, ist oft keine Zeit mehr für Absprachen, und es muss ein Blick zur Abstimmung genügen.

Ich begann, etwas mehr Zuversicht in unsere zukünftige gemeinsame Arbeit zu gewinnen, auf seinen Partner muss sich ein Polizeibeamter zu jeder Zeit blind verlassen können!

Kurz schaute ich mir noch die Eingangstür an. Nein, auch hier keine sichtbaren Einbruchsspuren. Verhaltene Geräusche aus dem kleinen Bad an der Stirnseite des Flures zogen uns fast magisch an. Dort war die Leiche des Wohnungsinhabers gefunden worden.

Das erste, das wir beim Betreten des etwa sechs Quadratmeter großen Raumes sahen, war der Rücken eines Mannes in einem weißen Kittel: Doktor Heinz Balensiefen, seit kurzem Leiter der forensischen Pathologie an der Universität in Bonn. Der Rechtsmediziner kniete vor der Badewanne und richtete sich nun, als ich mit Denise den Raum betrat, umständlich auf, um sich uns zuzuwenden.

Seine bis dahin recht finstere Miene hellte sich zusehends auf, als er Denise erblickte. Es war auf dem Revier allgemein bekannt, dass Balensiefen eine Schwäche für gutaussehende Ermittlerinnen hatte. Der oft etwas ruppig wirkende Pathologe war beim Anblick des schönen Geschlechts meist auf der Stelle wie ausgewechselt. Und meine neue Kollegin war durchaus ein Hingucker, selbst zu dieser frühen Stunde!

»Das ist Kommissarin Malowski«, stellte ich Denise hastig vor, bevor es hier noch zu Ausuferungen in Form von gegenseitigem Bekanntmachen kam. »Was können Sie uns denn über den Toten sagen, Herr Doktor Balensiefen?«

Ich war nun in der Lage, an dem Rechtsmediziner vorbei einen Blick in die Wanne zu werfen, in der ein Mann mittleren Alters lag. Er war vollkommen bekleidet und befand sich, halb aufgerichtet, in eher sitzender Haltung. Wasser war keines darin. Der Tote, ich schätzte ihn auf Anfang Fünfzig, sah beinahe aus, als schliefe er. Wäre da nicht ...

Denise beugte sich ebenfalls interessiert vor, und Balensiefen trat sogleich höflich beiseite, um ihr einen ersten Einblick zu gewähren. »Es ist mir eine außerordentliche Freude, Sie kennenzulernen, Frau Malowski«, versicherte er aber zunächst charmant meiner Partnerin.

Der Pathologe war mit hundertneunundsechzig Zentimetern in etwa so groß wie Denise, dabei aber von untersetzter Statur. Und obschon noch keine vierzig Jahre alt, hatte er leicht angegraute Schläfen, was ihn wohl unlängst dazu bewogen hatte, die Haare auf Stiftlänge zu kürzen. Bei unserem letzten Zusammentreffen war dies jedenfalls noch nicht der Fall gewesen.

Währenddessen schaute ich mich kurz, aber konzentriert um. Außer der Badewanne, in der der Tote lag, fiel mir eine Waschmaschine in der Ecke neben dem Waschtisch ins Auge. Darüber war eines jener ausziehbaren Gestelle zum Trocknen von Wäschestücken angebracht, wie sie oft in kleinen Wohnungen mit wenig Stauraum Verwendung finden. Es war leer.

»Hat die KTU das schon untersucht?«, schoss Malowski jetzt eine entscheidende Frage an den Rechtsmediziner ab und zeigte dabei auf die recht stabilen Seile, mit denen der Tote - dem Namen auf der Türklingel gemäß ein Helmut Scholl - an Händen und Füßen gefesselt war. Zudem war sein Mund mit einer breiten Klebefolie verschlossen, die ihm von einem Ohr zum anderen reichte.

Denise war neu hier, daher konnte sie mit Balensiefens Reaktion auf diese Frage unmöglich rechnen: »Wo denken Sie hin, Frau Kommissarin!«, entrüstete der sich umgehend. Immer, wenn er nicht ganz konform mit dem jeweiligen Gesprächspartner war, benutzte Balensiefen den Dienstgrad statt des Namens bei der Anrede. Wusste man um diese Eigenart, war seine jeweilige Stimmung ganz gut einzuschätzen.

»Die lassen ihre Pfoten gefälligst so lange von meiner Leiche, bis ich damit fertig bin!«, erklärte Balensiefen Denise geduldig. »Alles, was nicht unmittelbar zu dem Toten gehört, liefere ich im Anschluss an die Leichenschau ab. Zu der ich Sie schon einmal herzlich einlade!«

Erneut bildete sich die Unmutsfalte, wie ich dieses Phänomen bei mir nannte, auf Malowskis Stirn. Ob sich ihre Augenfarbe ebenfalls veränderte, war aus meinem Blickwinkel nicht zu sehen, da sie den Kopf in Richtung Wanne gesenkt hielt.

»Was können Sie uns über Todesursache und -zeitpunkt sagen?«, richtete ich daher schnell die Standardfrage eines Mordermittlers an den Pathologen. Sie wird mit absoluter Sicherheit jedes Mal gestellt und mit exakt derselben Regelmäßigkeit vor der Obduktion *nicht* abschließend beantwortet.

»Der Tod trat irgendwann gestern am späten Abend ein«, äußerte Balensiefen sich zu meiner Verblüffung jedoch jetzt relativ präzise. »Der aktuellen Kerntemperatur gemäß war das nach 22:00 Uhr und vor Mitternacht. Genaueres nach der Obduktion. Was die Todesursache angeht, Herr Heller, habe ich eine konkrete Vermutung. Um diese erhärten zu können, benötige ich allerdings einen Ihrer Spurensicherungsbeutel. Sie haben doch welche dabei?«

Ich war zwar erst Kriminalkommissar und verfügte mit knapp dreißig Lebensjahren nicht über die Lebenserfahrung eines fünfzigjährigen Meisterdetektivs. Dass man für die Feststellung, woran jemand verstorben ist, einen Plastikbeutel benötigt, erschien mir dennoch etwas befremdlich. Mit drei Fragezeichen im Gesicht überreichte ich dem Mediziner das Gewünschte.

Der nahm den Beweismittelbeutel mit unbewegter Miene entgegen und beugte sich erneut über den Leichnam in der Wanne. Balensiefen entfernte mit der Präzision eines Chirurgen das Klebeband und öffnete dann den Mund des Opfers. Mit einer Pinzette entfernte er ein zusammengeballtes Stück

Stoff aus dem Mundraum. Beides tütete er sofort ein. Den Beutel gab er mir danach zurück und widmete sich mehrere Minuten intensiv dem Rachen des Toten. Ich verstand.

»Nachdem ich trotz eingehender Untersuchung außer einer recht großen Schwellung am Hinterkopf keinerlei Spuren von Gewalteinwirkung finden konnte«, äußerte sich der Pathologe anschließend, »gehe ich von einem Tod durch Ersticken aus, verursacht durch den Knebel in seinem Mund. Kurzum: Der erste Eindruck scheint meine Vermutung zu untermauern. Hierzu passen auch die kleinen Einblutungen in den Bindehäuten, die durch das Platzen kleiner Blutgefäße während des Todeskampfes entstanden sein dürften. Wir sehen uns bei der Leichenschau!«

Der Rechtsmediziner wollte sich schon abwenden, wurde aber von Malowski daran gehindert, indem sie ihm stumm und mit einem grimmigen Lächeln auf den Lippen ihrerseits mehrere Beutel überreichte.

»Wo Sie schon mal dabei sind, Herr Doktor Balensiefen«, bemerkte sie, und ihre Stimme nahm erstmals die erwähnte eisige Klangfarbe an, »seien Sie doch so lieb, und geben die Seile, mit der das Opfer gefesselt ist, da hinein!«

Für das Gesicht Balensiefens, der mit offenem Mund die Beutel entgegennahm, hätte ich meine Partnerin umarmen können. Das schelmische Lächeln auf ihren Lippen entging mir aber nicht. ›Vielleicht wird das ja doch noch was mit uns‹, dachte ich.

DENISE

Das verhaltene Leuchten in Tobias' Augen, als es mir gelungen war, den kauzigen Rechtsmediziner zu überrumpeln und zur sofortigen Herausgabe der Beweismittel an Scholls Leiche zu ›überreden‹, entging mir nicht, und es entschädigte mich für alles, was mir in den vergangenen vierundzwanzig Stunden reichlich schwer im Magen gelegen hatte. Da hatte ich mit meiner Aktion wohl gepunktet! ›So übel ist er ja gar nicht‹, dachte ich. Vielleicht wurde das ja doch noch was mit uns.

»Lass uns jetzt die Nachbarin aufsuchen, Tobi«, schlug ich vor. »Frau Steiner war diejenige, die den Toten fand und die Polizei benachrichtigte. Sie wohnt hier im Haus, genau hier drunter.« Tobias öffnete den Mund, wie um etwas zu sagen, blieb aber stumm. Diese seltsame Verhaltensweise war mir schon öfter aufgefallen, und zwar jedes Mal, wenn ich seinen Namen sagte. Merkwürdig.

* * *

Zehn Minuten später saßen wir der Zeugin Steiner in ihrem Wohnzimmer eine Etage tiefer gegenüber. Vorher waren wir aber noch im Schlafzimmer des Mordopfers gewesen. In Küche und Wohnzimmer hatten wir ja schon einen Blick geworfen, bevor wir mit Balensiefen sprachen.

Aber auch dort war für uns auf Anhieb keine Besonderheit zu entdecken.

Halt, nein. Da war ja diese *Schreibmaschine*. Offenbar nutzte Scholl den Schlafraum als Arbeitszimmer, denn in einer Zimmerecke stand ein voluminöser Schreibtisch aus Massivholz, und auf diesem thronte besagtes Schreibgerät. Triumph-Adler mit Kugelkopf. Elektrisch. So eine hatte ich auch einmal besessen. Vor gefühlten zwanzig Jahren. Ich meine: Wer schreibt denn heutzutage noch mit sowas?

Einen Computer schien der Mann aber nicht besessen zu haben, denn es war nirgends einer zu sehen. Oder Vogels Leute hatten den mitgenommen. Ich beschloss, mich bei dem Leiter der Forensik nachher danach zu erkundigen. Bedeutungsvoll erschienen mir allenfalls die herausgezogenen Schubladen zu sein, sowie einige Unterlagen, die herausgefallen waren. Als ob jemand in großer Hast nach etwas gesucht hätte ...

Miriam Steiner wirkte älter, als sie war. Das lag beileibe nicht nur an den Siebziger-Jahre-Klamotten, die sie trug. Oder an der altmodischen Frisur mit einem Dutt. Der Kater, der ständig um ihre Beine strich, und der jetzt laut schnurrend auf der Sessellehne neben ihr lag, trug ebenfalls zu diesem Bild bei.

Die einzige uns derzeit bekannte Zeugin war Betreiberin eines kleinen Esoterik-Ladens hier in der Nähe, und nach eigenen Angaben siebenundfünfzig Jahre alt. Möglich, dass sie ihr Alter etwas abgerundet hatte. Nun, da dies für unsere Ermittlungen nebensächlich schien, beschloss ich, es vorerst nicht weiter zu hinterfragen.

Falls ihre Aussage später einmal gerichtsrelevant werden sollte, musste sie jedoch Farbe bekennen. Ich war aber höchst wissbegierig, zu erfahren, warum diese Frau in aller Frühe in einer fremden Wohnung herumschlich. Immerhin hatte sie uns ja angerufen, weil sie Scholl tot in seinem eigenen Badezimmer vorgefunden hatte!

»Wie kam es, dass Sie die Leiche Ihres Nachbarn fanden, Frau Steiner? Sie lag ja in *seiner* Wohnung. War die Eingangstür denn offen? Und wenn ja, weshalb gingen Sie überhaupt hinein?«, ergriff aber Tobias zuerst das Wort, bevor ich es selbst tun konnte. Nach den ungeschriebenen Regeln zwischen polizeilichen Ermittlern bedeutete dies, dass ich als die Jüngere von uns das Protokoll zu fertigen hatte. Ergeben seufzend griff ich zu meinem Notizblock. Ich würde schon noch Gelegenheit zu eigenen Fragestellungen bekommen. Nimm dich in Acht, Tobias Heller! Gleichwohl hatten mir diese drei Fragen ebenfalls auf der Zunge gelegen.

»Sehen Sie, Herr Kommissar«, hob Miriam Steiner zu einer Erklärung an. »Ich bin morgens immer früh auf den Beinen, schon wegen Sylvester, der dann Hunger hat und anfängt, Randale zu machen.«

»Sylvester?«, wiederholte ich. Ich nahm an, damit war das Fellknäuel an ihrer Seite gemeint. Mit dem Kater aus dieser Zeichentrickserie hatte das Tier äußerlich aber nicht sonderlich viel gemeinsam.

»Mein Kater«, erhielt ich sogleich die Bestätigung, nicht ohne ein begleitendes indigniertes hochziehen der Augenbrauen ihrerseits. »Er ist mir durch die Tür in das Treppenhaus entwischt, als ich die Zeitung hereinholen wollte.«

»Lassen Sie mich raten«, ergriff Tobias wieder das Wort. »Er lief schnurstracks die Treppe hinauf ins Dachgeschoss?«

»Das ist korrekt, Herr Kommissar!« So, wie die Zeugin Steiner meinen Partner bei ihren Antworten ansah, ja geradezu anhimmelte, kam ich nicht umhin, zu bemerken, dass sie ihn bewunderte. Na ja ...

»Ich bin ihm unverzüglich hinterher«, fuhr Miriam Steiner fort, »aber ich sah nur noch seinen Schwanz durch die einen Spalt offen stehende Tür der Wohnung meines Nachbarn verschwinden.«

»Und dann sind Sie ihm dort hinein gefolgt?«, erkundigte ich mich.

»Natürlich nicht! Ich habe zuerst leise nach ihm gerufen, aber er kam nicht. Das macht er ja nie. Aber als ich vermeinte, ein klägliches Maunzen von ihm zu hören, bin ich vorsichtig hineingegangen. Die Tür zum Badezimmer, gleich der Eingangstür gegenüber, stand weit offen. Ich sah sofort, was los war!«

»Angefasst oder verändert haben Sie nichts, Frau Steiner?«, stellte Tobias die entscheidende Frage.

»Nein, Herr Kommissar. Ich bin sofort in meine eigene Wohnung zurück und habe die Polizei gerufen. Die Situation war ja eindeutig.«

»Wie lange wohnte Herr Scholl schon hier im Haus?«, stellte ich eine weitere Frage.

»Etwa zehn Jahre, glaube ich«, entgegnete die Frau nach kurzem Nachdenken. »Er ist ... war ja eigentlich ein ruhiger Mieter, den man meist gar nicht wahrnahm. Wenn da nicht dieses Geklapper gewesen wäre, das man oft bis spät in die Nacht hörte.«

»Was für ein Geklapper?«

»Es hörte sich an wie eine dieser altmodischen Schreibmaschinen, Frau Kommissarin. Aber da habe ich mich sicher getäuscht. Ich meine, wer schreibt denn heutzutage noch mit sowas?«

Ich wechselte mit Tobias einen bedeutsamen Blick. »Wissen Sie denn, was Herr Scholl beruflich machte?«

»So genau nicht. Aber ich habe mal gehört, dass er Journalist gewesen ist. Oder Schriftsteller. Er hat meist zu Hause gearbeitet, glaube ich.«

»In Ordnung, Frau Steiner«, beschloss Tobias, die Vernehmung der Zeugin nach einem fragenden Blick zu mir zu beenden. Er zog eine seiner Visitenkarten hervor. Das erinnerte mich daran, dass ich selbst noch keine besaß. Ich wollte den Chef aber gleich nach der Rückkehr aufs Revier darauf ansprechen. »Falls Ihnen noch etwas Wichtiges einfällt, melden Sie sich bitte«, instruierte er die Frau.

»Unter der Nummer bin ich jederzeit für Sie erreichbar!«

Sein Vernehmungsstil gefiel mir. Die Fragen kamen direkt, präzise, und waren logisch aufeinander aufgebaut. Genauso, wie ich es mir ebenfalls angewöhnt hatte. Zielgerichtet. Dafür gab es von mir insgeheim einen weiteren Punkt auf meiner internen Tobias-Heller-Skala, jetzt waren es schon zwei. Noch etwa ein Dutzend, und die von ihm bei mir in nur einem einzigen Tag angesammelten Minuspunkte waren getilgt.

Auf dem Weg nach unten klärte mich Tobias unerwartet über eine seiner Eigenarten auf: »Dass ich mit der Befragung angefangen hab und mir keine Notizen machte«, sagte er zu mir, »hieß nicht, dass du das übernehmen solltest, Denise!«

Aha. »Sondern?«

»Ich schreibe selten was auf, da ich mir selbst die winzigsten Kleinigkeiten merke und nie wieder vergesse. Wenn das mit unserer Zusammenarbeit was werden soll, geht das nur als absolut gleichberechtigte Partner, okay?«

»Okay!«, dehnte ich. Jetzt wunderte ich mich doch ein wenig über diese plötzliche Anwandlung meines Kollegen! Aber schön, zu wissen. Der Tag wurde ja immer besser! Das war dann Punkt Nummer drei.

»Ja, und außerdem haben wir uns bei der Zeugenbefragung effektiv ergänzt, findest du nicht? Und wie du Balensiefen mit wenigen Worten in seine Schranken verwiesen hast, war genial!« Jetzt druckste er aber mit einem Mal herum. »Ob du mich in deinem Auto mit zurück aufs Revier nehmen könntest?«, rutschte es dann aus ihm heraus. »Ich bin mit dem Bus hier, weil mein Moped nicht angesprungen ist. Deshalb war ich vorhin so spät dran.«

»Kein Problem!« Innerlich grinste ich schadenfroh. Dieser baumlange Kerl maß mindestens einsfünfundachtzig! Ich war schon auf seine Reaktion beim Anblick meines Miniautos gespannt!

* * *

TOBIAS

Der Tisch im Besprechungsraum bot Platz und Sitzgelegenheiten für insgesamt acht Personen. Berücksichtigte man die Tatsache, dass zu den derzeit lediglich vier Mitarbeitern, Denise schon mitgerechnet, die Donners Kommissariat außer ihm selbst aufzubieten hatte, öfter ein oder zwei Forensiker bei den Fallbesprechungen anwesend waren, reichte das gerade mal so eben aus. Ich persönlich war nachhaltig damit beschäftigt, die Beine zu entknoten. Die Fahrt in diesem komischen Smart Cabrio Malowskis war ein einziger Horror-Trip! Ich meine, wer fährt denn schon ein Auto, das kleiner ist, als er selbst!

Der Chef hatte seinen üblichen Platz am Whiteboard eingenommen, er setzte sich nie zu uns an den Tisch. Dies gehörte zu Donners ständigen Gewohnheiten ebenso wie die Tatsache, fast ausschließlich seine Mitarbeiter für die Vernehmungen einzusetzen. An Tatorten sah man ihn ebenfalls eher selten, er sah sich mehr als Lenker im Hintergrund.

Und diese Aufgabe lag ihm nicht nur, er füllte sie auch mit großer Begeisterung aus. Ganz im Gegensatz zu seinem Vorgänger, der im vergangenen Jahr auf eigenen Wunsch die Leitung des Kriminalkommissariats 3 übernommen hatte. Hauptkommissar Bachmann, durchaus ein fähiger und kompetenter Kriminalist, zeichnete sich vornehmlich durch ständige Zerstreutheit und der völligen Abwesenheit jeglicher Form von Zeitmanagement aus.

Zudem hatte Kriminalhauptkommissar Peter Donner sich in den wenigen Monaten im Amt den Ruf erworben, stets über alles, was in seinem Kommissariat vorging, Bescheid zu wissen. Das war manchmal fast schon unheimlich!

Endlich trudelten unsere Oberkommissare als Letztes ein. Einträchtig nebeneinander schlenderten die zwei betont lässig zu ihren Plätzen und flegelten sich förmlich auf die Stühle, gleich neben Jürgen Vogel von der Forensik, der sich ebenfalls zu einer ersten Stellungnahme zum aktuellen Fall eingefunden hatte. Rolf Theisen war Achtundfünfzig und hatte nur noch wenige Jahre bis zur Pensionierung vor sich, die er, wie es schien, mit nicht allzu viel Arbeitseifer durchzubringen gedachte.

Sein Partner Werner Frohn war zwar über neun Jahre jünger, hatte sich jedoch in der langen Zeit der Zusammenarbeit mit dem Kollegen diesem in jeder Hinsicht angeglichen. Ich mochte beide nicht sonderlich, was seine Ursache vor allem darin hatte, dass die Herren Oberkommissare mich ständig von ›oben herab‹ behandelten und als Laufbursche betrachteten.

Denise, die den Sitzplatz neben mir eingenommen hatte, taxierte die zwei mit dem forschend-neugierigen Blick einen Entomologen, der soeben eine neue Spezies entdeckt hatte, was mir ein kleines zufriedenes Lächeln entlockte.

»Somit währen wir ja jetzt endlich vollzählig«, kommentierte Donner das verspätete Eintreffen Frohns und Theisens. »Bevor wir in die heutige Tagesordnung eintreten: Benötigt ihr eventuell neue Diensthandys?«, erkundigte er sich aber zunächst bei den beiden in betont besorgtem Tonfall.

»Nein, wieso?«, wölbte Theisen ratlos die Brauen. Beim Versuch, den feisten Kahlkopf zu schütteln, gerieten seine ausgeprägten Hamsterbacken heftig in Bewegung. Einmal mehr erinnerte mich der Kollege an einen der Hauptdarsteller aus dem Film ›Scott & Huutsch‹. Und ich meine *nicht* Tom Hanks!

»Mit euren Mobilgeräten muss irgendwas nicht in Ordnung sein, weil sich immer gleich die Sprachbox einschaltet, wenn ich versuche, euch außerhalb der Dienstzeiten zu erreichen«, präzisierte Donner gefährlich ruhig. »Ich dachte daher, dass die Akkus möglicherweise kaputt sind.«

»Ja, also ... ich ... ich hatte meins vergessen, ans Ladegerät zu hängen«, stotterte Frohn herum. Kollege Theisen dagegen schwieg verbissen zu dem unüberhörbaren Spott des Vorgesetzten. Kritiken jeglicher Art prallten von diesem sturen Kerl in der Regel ab, ohne die geringste Spur zu hinterlassen, was sicher einer der Gründe dafür war, trotz seiner Dienstjahre bloß Oberkommissar zu sein.

»Nun gut, kommen wir zum aktuellen Fall. Wer möchte als Erster?«, forderte Donner uns zur Abgabe eines Berichts auf. Da meine Partnerin eine Stunde vor mir am Fundort der Leiche war, schaute ich nun meinerseits Denise an, die ohnehin bereits den Mund zum Sprechen geöffnet hatte. An mangelndem Selbstbewusstsein litt sie zumindest schon mal nicht.

»Zuerst die Personalien des Opfers, soweit sie uns bekannt sind«, erhob sie ihre Stimme. »Es handelt sich um einen Helmut Scholl, zum Zeitpunkt des Todes vierundfünfzig Jahre alt, kinderlos, geschieden. Die Adresse der Frau haben wir bislang nicht ermittelt, wogegen aber seine Identität anhand eines gültigen Personalausweises einwandfrei bestätigt ist. Er besaß einen dieser neuen Ausweise, die eine Speicherung der biometrischen Daten des Inhabers ermöglichen, was hier der Fall war. Scholl war, soweit Tobias und ich bislang herausgefunden haben, freiberuflich tätig. Journalist oder Schriftsteller. Genaueres wird zu ermitteln sein, denke ich.«

Denise sprach sachlich und gelassen. Emotionslos. Und sie ließ mit keiner Silbe durchblicken, dass wir nicht von Anfang an gemeinsam am Tatort waren. Nicht, dass es Konsequenzen für mich bedeutet hätte. Ich neigte aber dazu, ihr dafür einen winzigen Pluspunkt zuzugestehen.

»Wobei nicht abschließend geklärt ist, ob es sich hierbei um den Tatort handelt«, fuhr sie fort, als hätte sie meine Gedanken gelesen. »Da das Opfer in der eigenen Wohnung gefunden wurde, nehmen wir es aber an. Anzeichen für tätliche Auseinandersetzungen, wie etwa einen Kampf auf Leben und Tod, gab es im ersten Augenschein nicht«, schloss sie ihren Vortrag mit einem Blick zu Jürgen Vogel, der ihr am Tisch gegenüber saß, ab. »Vermutlich weiß die Forensik etwas mehr dazu zu sagen.«

»Als Todesursache vermutet Balensiefen Tod durch Ersticken«, ergänzte ich die Ausführungen Malowskis. »Außer einer Nachbarin, die ihre entlaufene Katze suchte und dabei den Toten fand, gibt es einen weiteren Mieter im Erdgeschoss des Hauses. Ihn haben wir heute Morgen nicht mehr angetroffen, wir wissen demnach nicht, ob er von der Tat, die laut Balensiefen nach 22:00 Uhr stattfand, etwas mitbekommen hat. Äußere Verletzungen gab es allem Anschein nach an der Leiche nicht, wir müssen zur Klärung des Tathergangs also die Leichenschau abwarten.«

»Es gab in der Wohnung des Opfers Hinweise darauf, dass dort etwas in großer Eile gesucht wurde«, meldete Denise sich wieder zu Wort. »Das kann gewiss auch Scholl vor seinem Ableben selbst gewesen sein, aber in Anbetracht der Umstände ...«

»Danke, wir werden es im Auge behalten. Ihr nehmt euch diesen einen Hausbewohner später aber noch einmal vor! Hat die KTU denn schon etwas für uns?«, ersuchte der Kommissariatsleiter den Leiter der Forensik, der sich umständlich vom Sitz erhob, um eine Auskunft zur Spurenlage. Jürgen Vogel hatte die Angewohnheit, Ausführungen zu den Erkenntnissen seiner Abteilung im Stehen vorzubringen. Dabei war der schlaksige Kerl mit über 1,90 Meter Körpergröße ohnehin kaum zu übersehen. Er könne sich dann besser konzentrieren, meinte er dazu, wenn man ihn darauf ansprach.

»In der von uns heute untersuchten Wohnung haben meine Leute Hinterlassenschaften von insgesamt acht Personen vorgefunden«, hob Vogel zu seinen Vortrag an, wobei er wie immer die Eckdaten von einem schriftlichen Bericht ablas, um nichts zu vergessen. »Vornehmlich handelt es sich dabei naturgemäß um Fingerabdrücke. Es gab aber ebenfalls Kopf- und Körperhaare von mindestens drei unterschiedlichen Personen, allesamt Frauen, wie es scheint. Eine entsprechende DNA-Analyse steht noch aus. Ebenfalls haben wir Lippenstift der Marke *Luxe Lip Color* in der Farbe *Bahama Brown* an einem von insgesamt zwei benutzten Weingläsern in der Spülmaschine sichergestellt. Wie es aussieht, hatte unser Mordopfer nicht eben selten Damenbesuch in seiner Wohnung.«

Der Chef wölbte überrascht die Brauen. »Kannst du etwas zum Zeitpunkt der Verwendung des besagten Glases sagen, Jürgen?« Donner hatte die Brisanz dieser Information sofort erkannt. Die Dame war womöglich die letzte Person, die Scholl lebend sah!

»Nur grob. Das Glas enthielt nicht vollständig eingetrocknete Rotweinreste. Es wird daher vor relativ kurzer Zeit daraus getrunken worden sein, weniger als zwölf Stunden auf jeden Fall.«

»Dann hatte Scholl am Tattag nach 18:00 Uhr Damenbesuch!«, erkannte Denise Malowski folgerichtig, bevor ich eine eigene Bemerkung diesbezüglich loswerden konnte. »Balensiefen sprach von einem Todeszeitpunkt zwischen 22:00 Uhr und Mitternacht. Wir werden nicht umhinkommen, die Identität der Dame zu ermitteln!«

»Natürlich. Gibt es sonst noch etwas Interessantes?«, richtete Donner sich wieder an den Forensiker.

Der setzte ein hintergründiges Lächeln auf und schaute kurz zu meiner Partnerin. »In der Tat! Durch den heldenhaften Einsatz unserer neuen und überaus tüchtigen Kollegin«, zwinkerte er Denise zu, »sind wir vor der Leichenschau im Besitz der Seile, mit denen Scholl an Händen und Füßen gefesselt war. Außerdem wurde das Klebeband, mit dem sein Mund zugeklebt wurde, untersucht. Es ist ein handelsübliches Paketklebeband, eine Rolle davon fanden wir in Scholls Wohnzimmerschrank. Bei den Fesseln handelt es sich um Stücke eines Nylonseils, wie es beispielsweise beim Camping Verwendung findet. Sie sind über das Internet nahezu überall zu bekommen. Wir werden sie aber selbstverständlich auf Anhaftungen von DNA untersuchen, die nicht vom Mordopfer stammen.«

»Danke, Jürgen«, entließ der Chef den Leiter der KTU. »Das war zumindest schon mal sehr aufschlussreich. Habt ihr noch mehr von diesen Seilen in der Wohnung gefunden?«

»Du meinst, ob der Täter sich an in der Wohnung vorgefundenem Material bedient haben könnte? Dafür gibt es keinen Beleg. Allerdings kann er den Rest ja mitgenommen haben.«

»Schade, kann man nichts machen. Ich denke, das wär's für jetzt dann auch.«

»Ich habe aber noch eine Frage an Jürgen!«, meldete sich Denise ein weiteres Mal. »Habt ihr die Schreibmaschine im Schlafzimmer auf Spuren untersucht?«

»Klar. Fingerabdrücke waren an dem ganzen alt-ehrwürdigen Teil haufenweise zu finden. Aber nur von Scholl selbst. Er wird sie rege benutzt haben. Wesentlich mehr an Erkenntnissen hat uns die Maschine aber nicht gebracht, fürchte ich. Eine Schreibmaschine ist ja kein Computer, auf dem Daten gespeichert sind!«

»Apropos Computer ...«

»Haben wir mitgenommen. Ein Laptop, den sich unser junges Genie zur Stunde vornimmt«, erklärte Vogel ihnen mit sichtbarem Stolz. »Wenn es etwas für uns Interessantes darauf gibt, wird mein neuer Mitarbeiter es garantiert herausfinden!« Der sechsundzwanzigjährige IT-Spezialist Klaus Dreyer war erst seit einigen Monaten in Jürgen Vogels Truppe. Und der hielt große Stücke auf den studierten Informatiker und dessen Fähigkeiten. Es hieß, Dreyer könne selbst einer Kaffeemaschine das eine oder andere Geheimnis entlocken.

»Eine Besonderheit ist sicher für euch von Bedeutung«, fuhr Vogel nach einer kleinen Atempause fort. Wie immer hielt er das Beste bis zum Schluss zurück. »Es gibt Spuren auf dem Linoleum in der Diele, die nach Art und Beschaffenheit Abrieb von Schuhsohlen sein dürften. Und sie führen ins Badezimmer!«

»Du meinst, jemand hat Scholl durch den Flur ins Bad geschleift?«, vergewisserte ich mich. »Das würde bedeuten, er wurde dort überwältigt und dann erst in das Bad und in die Wanne verbracht!« Aus den Augenwinkeln sah ich Denise zu meinen Worten bestätigend mit dem Kopf nicken. »Das macht Sinn ... Lässt sich das beweisen, Jürgen?«

»Sicher. Sobald der Leichenschnippler das Schuhwerk des Toten herausgerückt hat. Ist ja nicht jeder so mutig wie unsere junge Kommissarin hier!«, grinste er ein weiteres Mal in Malowskis Richtung. Deren Umgang mit dem knurrigen Pathologen hatte ihn sichtlich beeindruckt. Mich im Übrigen ebenfalls.

»Okay, Leute!«, übernahm der Chef wieder das Wort. »Wir haben somit eine Menge Arbeit vor uns. Zunächst ist die Identität der Besucher zu ermitteln, vornehmlich die der Dame, die zur fraglichen Zeit vor Ort gewesen ist! Denise, Tobias ... ihr übernehmt die Leichenschau bei Balensiefen. Er wird sie höchstwahrscheinlich übermorgen vornehmen. Außerdem ...« Er legte eine bedeutungsvolle Pause ein, als denke er intensiv nach. »... habe ich beschlossen, dass die Kriminalkommissare Malowski und Heller für die gesamten Ermittlungen federführend zeichnen und ausschließlich mir gegenüber verantwortlich sind!«

Nicht nur ich war überrascht, dass der Kommissariatsleiter so eben mal nebenher Denise und mir die Leitung der Ermittlungen zum Mordfall Scholl übertrug. Die Oberkommissare Frohn und Theisen wurden zudem reichlich blass um die Nasen.

»Aber ...«, setzte Frohn fassungslos zu einem Einwand an. Sein Partner hingegen schaute nur feindselig zu uns herüber.

»Das ist nicht diskussionsfähig, meine Herren!«, würgte Donner den Protest ab. Frohn klappte seinen Mund wieder zu. »Seht es mal positiv: Dann habt ihr endlich einmal genügend Zeit für eure fälligen Berichte, die ihr dieses Mal aber gefälligst selbst schreibt! Das war's. An die Arbeit, Leute!«

DREI

DENISE

Mittwoch, 7. Oktober, 11:15 Uhr

Heute fand ich im Anschluss an die tägliche Fallbesprechung, die keine neuen Erkenntnisse gebracht hatte und daher schnell abgehandelt war, ein Päckchen Visitenkarten in meiner Dienstpost. Der Chef hatte also sein Versprechen, sich umgehend darum zu kümmern, gehalten. Somit war ich jetzt endlich vollständig ausgerüstet.

Das war heute mein dritter Tag im Kriminalkommissariat 1 der Kripo Siegburg und die Zusammenarbeit mit Tobias begann langsam, einigermaßen zu funktionieren. Na ja, irgendwie. Der Kerl bekam zwar immer noch nicht die Zähne auseinander, aber kriminalistisch hatte er eine Menge drauf, wie ich sehr schnell merkte. Zwar ein Chaot vor dem Herrn, aber in seiner Denkweise absolut zielgerichtet und intuitiv in der Lage, kleinste Zusammenhänge zu erkennen, die anderen auf ewig verborgen blieben.

Wie zum Beispiel unseren Kollegen Theisen und Frohn, die der Chef gestern klassisch aufs Abstellgleis geschoben hatte, zumindest, was diesen Fall betraf. Damit setzte Donner uns enorm unter Druck. Nicht nur, dass die Oberkommissare uns für die Dauer der Ermittlungen mehr oder weniger untergeordnet waren, was seitdem von ihnen mit einem eisigen Schweigen und finsteren Mienen uns gegenüber quittiert wurde.

Nun standen Tobi und ich zusätzlich unter Erfolgsdruck. Wir waren praktisch gezwungen, Ergebnisse zu liefern, wollten wir uns nicht vor den älteren Kollegen blamieren. Ob der Chef das so beabsichtigt hatte?

Was ich von den beiden zu halten hatte, war mir zur Stunde ohnehin nicht so recht klar. Mein erster Eindruck war, dass Theisen und Frohn den Arbeitseifer nicht eben erfunden hatten, um es einmal vorsichtig auszudrücken. Ich war mir aber mit Tobias darüber einig, dass für die Aufklärung des Mordfalles Scholl ein funktionierendes Team benötigt wurde.

Immerhin hatten die zwei nach stundenlangen Recherchen und mehreren Telefonaten mit diversen Behörden den Aufenthaltsort von Scholls geschiedener Frau herausgefunden und waren jetzt zu einer Befragung dorthin unterwegs. Etwas widerwillig, wie mir schien, nachdem Tobias ihnen ›vorgeschlagen‹ hatte, diesen Part zu übernehmen.

Wir hingegen fuhren soeben auf den Parkplatz des Universitätsgeländes in Bonn. Doktor Balensiefen hatte vor einer Stunde überraschend von seiner Sekretärin mitteilen lassen, dass er die Leichenschau an Helmut Scholl doch schon heute vorzunehmen gedachte.

* * *

Knappe zwei Stunden später war es überstanden. Tobias und ich hatten uns etwas abseits des Geschehens platziert. Keiner von uns war sonderlich daran interessiert, einen aufgeschnittenen Leichnam aus der Nähe zu sehen, und so beschränkten wir uns darauf, der halblaut geführten Unterhaltung Balensiefens mit seinem derzeitigen Assistenten zu lauschen.

Der Pathologe hatte die Angewohnheit, wie mir Tobias in einer seltenen Anwandlung von Mitteilsamkeit anvertraute, die Assistenten aus den Medizinstudenten der Abschlusssemester zu rekrutieren.

Der junge Mann, mit dem wir es heute zu tun hatten, war ein schlaksiger, hochaufgeschossener Kerl, der Balensiefen um mehr als Haupteslänge überragte und zudem die verstörende Unart hatte, seinem Chef ständig ins Wort zu fallen. Jetzt breitete er stumm ein Tuch über den geschundenen Körper, zum Zeichen, dass die Leichenschau beendet war. Balensiefen streifte in einer beiläufigen Geste die Handschuhe von den Händen und kam gemessenen Schrittes auf uns zu.

»Die Leichenschau hat wie erwartet keine Überraschungen gebracht«, eröffnete er selbstbewusst das Gespräch. »Der Tod trat etwa um 23:00 Uhr am Montagabend ein, mit einem Unsicherheitsfaktor von einer halben Stunde. Der Mann ist, wie ich bereits gestern mutmaßte, an dem Knebel, den er im Mund hatte, erstickt.«

»Wie kann so etwas möglich sein?«, wagte ich einen Einwand. »Hätte er nicht durch die Nase atmen können?«

Balensiefen zog die Stirn kraus. »Nun, Frau Malowski«, belehrte er mich lächelnd. »Zum Einen dürfte der Mann zu diesem Zeitpunkt ohne Bewusstsein gewesen sein. Und damit komme ich zu einer weiteren Besonderheit, und zwar handelt es sich um einen Schlag auf den Hinterkopf, den er kurz zuvor bekam. Nicht heftig genug, ihn zu töten, aber ausreichend, ihn ins Land der Träume zu schicken. Zudem war der Stoffballen in seinem Mund sehr groß, was das Atmen - auch durch die Nase - extrem erschwert haben wird. Der eigentliche Grund für das Ersticken dürfte aber woanders zu suchen sein!«

»Und das wäre?«, brachte sich Tobias in das Gespräch ein. Etwas ungeduldig, wie mir schien, weil Balensiefen keine Anstalten machte, seine letzte Bemerkung zu erläutern.

Statt einer Antwort trat der Rechtsmediziner einen Schritt zurück und lupfte das Tuch auf dem Sektionstisch ein wenig an, sodass der Kopf der Leiche wieder sichtbar wurde. »Schauen Sie!«, winkte er uns heran. »Sehen Sie die Druckstellen beiderseits der Nasenflügel?«

Neugierig beugte ich mich vor, um die bezeichnete Stelle näher in Augenschein zu nehmen. Tobias sah sich besagte Stelle im Gesicht des Toten ebenfalls mit zusammengekniffenen Augen an. Da waren, schattenhaft zu erkennen, etwa fingernagelgroße Flecken, nur wenig dunkler als die übrige

Haut. Mit genügender Fantasie konnte man sie durchaus als Druckstellen bezeichnen. »Und was bedeuten die, Herr Doktor Balensiefen?«, erkundigte ich mich etwas ratlos.

»Das, Frau Malowski«, hob der Angesprochene zu einer Erklärung an, »ist höchstwahrscheinlich der Abdruck der Mordwaffe!«

»Äh … wie das jetzt? Das sieht mir aber ganz und gar nicht nach einer tödlichen Verletzung aus!«, entfuhr es mir ungehalten. Wollte der mich veräppeln?

Balensiefen schien meine geheimen, nicht eben schmeichelhaften Gedanken erraten zu haben, denn ein breites Grinsen erschien auf seinem Gesicht. »Nicht so, wie man sich eine Mordwaffe normalerweise vorstellt, Frau Malowski«, erläuterte er seine Vermutung geduldig. »Jemand hat dem Mann mit irgendwas die Nase ›zugeklammert‹. Leider habe ich am Tatort nirgends etwas gesehen, das dafür infrage käme. Das Einzige, was ich mit Sicherheit ausschließen kann, ist, dass der Täter seine Finger dazu benutzte.«

»Und warum nicht?«

»Sehen Sie genau hin! Die Abdrücke sind in Form und Größe exakt gleich, hätte es sich dabei um Finger gehandelt, müssten die Druckstellen, durch Daumen und Zeigefinger verursacht, unterschiedlich groß sein!«

Jetzt fiel bei mir der sprichwörtliche Groschen. Und nicht nur bei mir, wie die nächsten Worte meines Partners zeigten: »Sie wollen damit sagen, dass der Täter dem gefesselten und geknebelten Opfer eine Wäscheklammer oder etwas Ähnliches auf die Nase setzte und ihn *damit* tötete?«, fragte Tobias verblüfft nach und zeigte mit seinen Worten gleichzeitig, dass er blitzartig sämtliche Konsequenzen aus Balensiefens Information gezogen hatte.

Falls der Pathologe recht hatte - und daran hegte ich nicht den geringsten Zweifel - war der Erstickungstod Scholls kein Kollateralschaden, sondern vom Täter beabsichtigt und bewusst herbeigeführt worden. Wir hatten es demnach definitiv mit einem Mord zu tun!

»Haben Sie Anzeichen dafür finden können, dass das Opfer sich gewehrt hat?«, fragte ich den Pathologen.

»Abwehrspuren? Nein, da ist nichts. Offenbar bot der Mann seinem Mörder arglos den Rücken dar, denn er wurde definitiv von hinten niedergeschlagen. Und zwar von einer Person, die etwa die gleiche Größe hatte.«

»Und Sie schließen eine Sturzverletzung bezüglich der Kopfwunde aus?«, vergewisserte sich Tobias.

Balensiefen schüttelte leicht den Kopf. »Nicht hundertprozentig. Die Verletzung befindet sich jedoch oberhalb einer gedachten Hutkrempe. Die Wahrscheinlichkeit, dass sie durch einen Schlag auf den Kopf verursacht wurde, ist daher sehr hoch«, beschied der Mediziner ihm.

Die sogenannte ›Hutkrempenregel‹ war mir wie jedem Kriminalisten geläufig. Man denke sich eine um den Kopf laufende Linie in Höhe einer Hutkrempe, und zwar so, wie man normalerweise einen Hut aufsetzt. Verletzungen unterhalb davon können durch einen Sturz entstanden sein, die darüber eher nicht.

»Haben Sie vielen Dank, Herr Doktor Balensiefen. Das sind in der Tat interessante Informationen!«, schloss Tobias das Gespräch ab. »Wann, denken Sie, dass wir Ihren schriftlichen Bericht vorliegen haben?«

»Spätestens übermorgen! Nehmen Sie aber bitte nachher die Kleidung des Mordopfers für Ihre Forensik mit. Herr Vogel hat sich schon mehrfach danach erkundigt. Und vielen Dank für den Hinweis auf die Wäscheklammer!«, fügte der Mediziner mit leuchtenden Augen hinzu. »Da wäre ich nicht drauf gekommen, ich werde es aber auf der Stelle untersuchen. Das Ergebnis finden Sie dann ebenfalls in meinem Bericht.«

In diesem Augenblick klingelte mein Handy.

* * *

TOBIAS

Wir waren erneut auf dem Weg nach Troisdorf, was ja auf dem Weg von Bonn nach Siegburg ohnehin fast auf dem Weg lag. Ziel unseres Abstechers war die Friesenstraße, wo gestern erst in der Hausnummer 5 in aller Frühe Helmut Scholl von einer Nachbarin tot in seiner Wohnung aufgefunden worden war.

Unser heutiges Ziel war es aber, den Bewohner der Parterrewohnung, einen Olaf Zinke, zu befragen, da es uns leider gestern am frühen Abend ebenfalls nicht gelungen war, den Mann zu Hause anzutreffen. Denise hatte aber, einem spontanen Einfall folgend, ein Post-it an seiner Wohnungstür hinterlassen, mit der dringenden Bitte, sich umgehend bei ihr zu melden. Der Anruf vorhin in der Rechtsmedizin war von ihm, er sei jetzt daheim und bereit, mit uns zu reden.

Ich hatte bereitwillig das Steuer Denise überlassen und hing auf der kurzen Fahrt über die A 59 meinen Gedanken nach. So übel hatte ich es eigentlich doch gar nicht getroffen, überlegte ich. Die düsteren Wolken, die seit dem Wochenende über meinem Gemüt hingen, lösten sich nach und nach wie durch Zauberhand auf.

Ich ertappte mich des Öfteren dabei, morgens nach dem Aufwachen nicht nur positiv in den Tag zu blicken, sondern mich regelrecht auf die bevorstehende Zusammenarbeit mit meiner neuen Kollegin und Partnerin zu freuen.

Verstohlen schaute ich sie von der Seite an. Sie war hochkonzentriert wie immer. Nicht, dass ich mich mehr als kollegial zu Denise hingezogen gefühlt hätte, nein gewiss nicht. Aber ihre professionelle Art und ihr kriminalistischer Spürsinn gefielen mir, wir waren uns ähnlicher, als ich anfangs gedacht hatte.

An meine Verflossene hatte ich indes in den vergangenen zwei Tagen kaum einen Gedanken verschwendet. Als ich aber gestern Abend nach Hause kam, lag ihr Wohnungsschlüssel auf dem Küchentisch. Sie hatte einige persönliche Gegenstände geholt, wie ich mit einem schnellen Blick feststellte. Der zurückgelassene Schlüssel signalisierte mir dagegen, dass die Trennung endgültig vollzogen war.

Der Bau, vor dem wir jetzt anhielten, war, wie alle seine Brüder in dieser Straße, eines jener tristen Reihenhäuser, wie sie vornehmlich von Wohnungsbaugenossenschaften in dieser Stadt errichtet wurden. Beim Aussteigen sah ich aus dem Augenwinkel den Kopf von Miriam Steiner, die wir ja gestern schon befragt hatten, blitzartig hinter der Gardine ihres Fensters verschwinden.

Sollte die um diese Zeit nicht in ihrem Esoterik-Laden stehen? Denise betätigte derweil die Klingel der Parterrewohnung.

* * *

Olaf Zinke war ein großer, breitschultriger Kerl mit einem dichten, schwarzen Vollbart, der ihm in Verbindung mit einem prachtvollen Kahlkopf ein verwegenes Aussehen verliehen hätte, wären da nicht die vielen kleinen Fältchen um die wachsam dreinblickenden Augen gewesen, die den achtunddreißigjährigen Berufssoldaten auf Anhieb sympathisch erscheinen ließen.

Wir hatten die Zeit seit gestern genutzt, uns über die Person des Olaf Zinke zu informieren. Unverheiratet, keine Kinder, und seit sechzehn Jahren bei der Bundeswehr, derzeit im Rang eines Majors.

»Haben Sie nochmals vielen lieben Dank, dass Sie sich so schnell mit mir in Verbindung gesetzt haben, Herr Zinke«, begann Denise das Gespräch. Sie hatte sich in ähnlicher Weise schon am Telefon geäußert. »Sie wissen von dem Vorfall Montagabend?«, klopfte sie dann vorsichtig auf den Busch, um erst einmal auszuloten, was der Mann wusste. Eine übliche Vorgehensweise bei Zeugenvernehmungen.

Ein gequältes Lächeln stahl sich auf die Gesichtszüge des Majors. »Zumindest *eine* Version davon«, bemerkte er mit hochgezogenen Augenbrauen und zeigte dabei mit dem rechten Zeigefinger an die Zimmerdecke. »Die Kräuterhexe von oben hatte es ja ganz besonders eilig, mir alles haarklein zu erzählen, kaum dass ich heute Nacht nach Hause kam. Ich frage mich allen Ernstes, wann die mal schläft ...«

»Sie meinen damit Frau Steiner aus dem Obergeschoss, nehme ich an?«, hakte ich sogleich nach und erntete ein heftiges Kopfnicken. »Herr Scholl ist vermutlich in den späten Abendstunden am Montag in seiner Wohnung getötet worden«, präzisierte ich unser Begehren. »Haben Sie irgendwas mitbekommen, das im Nachhinein eventuell verdächtig erscheinen könnte?« Denise hatte ihren Notizblock gezückt und schrieb eifrig mit.

»Ich habe meine Wohnung am späten Montagabend verlassen und bin erst heute nach Mitternacht nach Hause gekommen«, hob Zinke zu einer
Erklärung an. »Wachdienst. Der ging von Dienstag,
00:00 Uhr bis 24:00 Uhr. Das ist auch der Grund
dafür, dass ich mich erst jetzt bei Ihnen meldete,
Frau Kommissarin«, richtete er sich an meine Kollegin. »Hatte vorher ein dringendes Schlafbedürf-
nis.«

»Wann haben Sie denn Montagabend die Wohnung verlassen?«, hakte Denise sofort ein.

»Kurz nach 23:00 Uhr. Mein Dienst begann, wie
gesagt, um Mitternacht, und ich benötige etwa eine
halbe Stunde bis zur Kaserne. Und als Wachdienst-
leiter bin ich gerne etwas früher dort bezüglich der
Übergabe.«

»Und Ihnen ist bis dahin nichts Ungewöhnliches
aufgefallen?«, wiederholte ich meine Frage von vorhin. »Verdächtige Geräusche vielleicht?«

»Nein, nichts. Allerdings ...«, fügte er nach einer
kleinen Pause nachdenklich hinzu.

»Ja?«

»Als ich aus der Wohnung trat, war gerade eine
Frau die Treppe von oben heruntergekommen und
verließ soeben das Haus. Ich habe mir nichts weiter
dabei gedacht, Herr Scholl hatte oft Damenbesuch.«

Denises und meine Augen trafen sich zu einem
bedeutungsvollen Blick. Das war in höchstem Maße
interessant! »Kannten Sie die Dame?«, erkundigte
Denise sich sofort.

»Nie vorher gesehen! Ich sah sie ja auch nur noch von hinten. Für eine Frau recht groß. Einsachtzig, denke ich. Lange, blonde Haare. Sie trug einen Mantel. Kamelhaar, schätze ich. Sah teuer aus. Sorry, mehr kann ich Ihnen dazu wirklich nicht sagen!«

»Haben Sie auf die Uhr geschaut? Wie spät war es?«

»Wie gesagt, es muss wenige Minuten nach 23:00 Uhr gewesen sein, Frau Kommissarin. Auf die Uhr geschaut habe ich nicht, aber meine innere Uhr geht recht genau. 23:10 Uhr, denke ich!«

»Und Sie sind sich sicher, dass es eine Frau war?«

»Nun ja ... Die ganze Erscheinung war ... weiblich. Vor allem der Gang. Ein gekonnter Hüftschwung. Absätze von mindestens acht Zentimetern!«

»Haben Sie recht vielen Dank, Sie haben uns eventuell mehr geholfen, als Sie denken!«, beschloss ich nach einem abstimmenden Blick zu Denise, den sie mit einem unmerklichen Kopfnicken beantwortete, die Vernehmung an dieser Stelle zu beenden. Mehr wusste der Mann wohl nicht.

Auf dem Weg nach draußen ging mir einiges durch den Kopf. Hatte der Major womöglich die Mörderin gesehen? Zeitlich käme es hin ...

»Wir sollten die Steiner auch noch nach Scholls Besuch befragen!«, hielt mich Denise unvermittelt zurück, als ich die Haustür öffnete. »Was meinst du? Sie müsste zu Hause sein.«

Ich drehte mich um. Malowski stand schon auf der dritten Stufe der Treppe nach oben, was ihren Worten nachhaltig den Vorschlagcharakter nahm. Aber sie hatte recht: Es war in der Tat angebracht, die Frau aus dem Obergeschoss speziell auf die unbekannte blonde Besucherin von Montagnacht anzusprechen.

Ich nickte daher stumm der Form halber, schloss die Tür und mich ihr an. Natürlich hatte sie die Bewegung vorhin an der Gardine ebenfalls bemerkt. Alles andere hätte mich, ehrlich gesagt, auch gewundert.

VIER

DENISE

Donnerstag, 8. Oktober 8:17 Uhr

Der Tag fing gleich mit einer Überraschung an. Mein Diensttelefon klingelte, als ich die erste Tasse Kaffee an diesem Morgen an die Lippen führte und das heiße Getränk eine schiere Geschmacksexplosion auf meiner Zunge entfachte. Ich gab mir redliche Mühe, einmal nicht genießerisch die Augen zu verdrehen, weil Tobias das jedes Mal mit einem amüsierten Verziehen der Mundwinkel quittierte. Im Display erschien eine mir nur allzu bekannte Kölner Telefonnummer.

»Hallo Anna!«, begrüßte ich erfreut meine frühere Kollegin bei der Kripo Köln. Ich hatte bis letzte Woche ein Büro mit der stets gut gelaunten Oberkommissarin geteilt. Tobias Heller, der am Bericht unserer gestrigen Ermittlungen saß, spitzte die Ohren.

Nicht, dass ihm das anzusehen gewesen wäre, eine winzige Änderung im Anschlagrhythmus seiner Computertastatur verriet mir aber, dass er durchaus aufmerksam zuhörte, wobei er konzentriert weiterschrieb. Er war anscheinend einer der wenigen Menschen, die in der Lage sind, sich auf mehrere Dinge gleichermaßen zu konzentrieren.

Außerdem wollte er bis 9:30 Uhr fertig sein, damit unser Chef die Berichte rechtzeitig vor der täglichen Dienstbesprechung auf dem Tisch hatte. Einer der Vorteile von gemeinsamen Ermittlungen bestand fraglos darin, dass nur einer den Bericht schreiben musste. Tobias hatte sich mit einem gebrummten ›Ich erledige das schon‹ gleich bei Dienstbeginn an die Arbeit gemacht.

Anna und ich unterhielten uns ein paar Minuten über Belanglosigkeiten. Anna interessierte sich vor allem dafür, wie ich mich auf der neuen Stelle eingelebt hatte. Und für eines, womit sie aber erst am Ende des Gesprächs herausrückte: »Wie kommst du denn mit Tobias Heller zurecht?«, fragte sie mich zum Schluss. Ich war geplättet. »Du kennst ihn?« Und nach einer Weile: »Ja, mach ich. Tschüss Anna!«

Als ich den Hörer auflegte, sah mich Tobias aufmerksam an. Ich hatte gar nicht bemerkt, dass er seit einiger Zeit nicht mehr auf der Tastatur herumhämmerte. »War das etwa Anna Stahl?«, fragte er mich erstaunt.

Ich war es aber nicht minder. »Ja, und ich soll dir Grüße bestellen. Ich wusste ja nicht, dass ihr euch kennt!« Tobias brummte nur etwas Unverständliches vor sich hin und widmete sich erneut unserem Bericht.

* * *

Als wir uns pünktlich um 10:00 Uhr im Besprechungsraum einfanden, waren wir dieses Mal die

Letzten. Verwundert ruhten meine Blicke auf Frohn und Theisen, die ihre Sitzplätze in der üblichen gelangweilten Haltung neben Jürgen Vogel eingenommen hatten. Der war heute in Begleitung eines jugendlich aussehenden Lockenkopfes erschienen, in dem ich das von ihm in den höchsten Tönen gepriesene Computergenie vermutete.

Klaus Dreyer, obschon mit Sechsundzwanzig nur zwei Jahre jünger als ich, sah eher aus, als bereite er sich auf sein Abitur vor. Beneidenswert. Der Chef stand in der üblichen Pose, also mit gezücktem Stift, neben dem Whiteboard.

»Wie kann ich das verstehen, dass Scholl mit einer Klammer umgebracht wurde?«, holten Donners Worte mich aus meinen Gedanken. Offenbar bezog er sich auf unseren Bericht, den er, wie ich jetzt bemerkte, in der anderen Hand hielt. »Wie kann man jemanden denn mit einer Büroklammer töten?« Sofort hatten wir die ungeteilte Aufmerksamkeit aller Anwesenden. Theisen und Frohn grinsten impertinent zu uns herüber.

Tobi. War ja klar. Dieser mundfaule Mensch bekam nicht nur beim Sprechen die Zähne kaum auseinander, beim Schreiben sparte er ebenfalls. Beim Gedanken an eine verbogene Briefklammer als Mordwaffe spürte ich ein kleines Teufelchen in Form eines albernen Kicherns die Kehle hochsteigen. Schnell schluckte ich den Störenfried wieder herunter.

»Sorry, Chef«, beeilte ich mich, zu sagen, »damit ist eine Wäscheklammer gemeint, die dem Opfer auf die Nase gesetzt wurde. Da er einen Knebel im

Mund hatte, bekam er keine Luft und erstickte, meint Balensiefen.«

Donner verzog das Gesicht. »Dann schreibt das gefälligst auch so!«, brummte er missmutig. »Aber immerhin gibt es einen Bericht, kann man ja nicht von jedem behaupten.« Dabei fixierte er die Oberkommissare zu seiner Linken. »Was ist damit? Ihr hattet doch genügend Zeit, oder etwa nicht? So weit ich mich erinnere, hattet ihr doch gestern bloß die Vernehmung von Scholls geschiedener Frau auf dem Programm!«

Die Gesichtszüge der Gescholtenen froren auf der Stelle ein. »Es gab ... äh ... Komplikationen«, stotterte Frohn herum, machte aber keine Anstalten, dies näher zu erläutern. Vermutlich hatten die Herren Oberkommissare sich bei der Ausführung des nicht sonderlich komplizierten Auftrages nicht unbedingt überschlagen.

»Und?«, hakte Donner genervt nach. »Was hat die Vernehmung der Dame ergeben?« Auf die erwähnten Komplikationen ging er vorsorglich gar nicht erst ein. Er kannte seine Pappenheimer!

Im Folgenden erfuhren wir, dass Eveline Klausen, sie hatte ihren Mädchennamen nach der Scheidung wieder angenommen, glaubhaft versicherte, zu ihrem Ex-Mann seit Jahren keinen Kontakt mehr zu haben. Für die Tatzeit hatte sie zudem ein Alibi in Form einer Freundin, mit der gemeinsam sie den Abend verbrachte.

»Wie würdet ihr die Frau denn optisch beschreiben?«, wollte ich von Theisen wissen. Mir kam dabei die von Zinke erwähnte unbekannte Frau in den Sinn.

»Etwa einsfünfundsechzig, leicht füllig, kurze rotbraune Haare«, gab der Kollege bereitwillig in knappen Worten Auskunft. Also Fehlanzeige. »Sie hat aber einer Abnahme ihrer Fingerabdrücke durch uns zugestimmt«, fügte Frohn ungefragt hinzu.

»Haben wir schon überprüft. Keine Übereinstimmung mit den Abdrücken vom Tatort«, warf Jürgen Vogel in seiner kurz angebundenen Art ein. »Insoweit scheint die Aussage der Dame zu stimmen.«

Jetzt war die Gelegenheit für Tobias, die Erkenntnisse des gestrigen Tages aus unserer Sicht zu schildern. Er umriss in aller Kürze das Ergebnis der Leichenschau und der anschließenden Vernehmung des Zeugen Olaf Zinke. »Zinke gab an, gesehen zu haben, wie die verdächtige Person um 23:10 Uhr das Haus verließ«, schloss er seinen Bericht ab. »Wir haben uns daraufhin noch einmal die Zeugin Steiner aus dem Obergeschoss vorgenommen«, gab er an und schickte mir einen auffordernden Blick zu, an dieser Stelle fortzufahren.

»Frau Steiner hatte bei der ersten Vernehmung ausgesagt, es sei ihr nichts weiter aufgefallen. Auch nicht am Tag zuvor«, begann ich einleitend mit meiner Rede. »Nachdem wir aber vom Bewohner der Erdgeschosswohnung eine konkrete Angabe erhielten, was den Zeitpunkt seiner Begegnung mit einer unbekannten Frau im Treppenhaus anbelangte, wurden wir stutzig, was die Uhrzeit betraf.

Sie lag exakt in dem von Balensiefen genannten Zeitfenster für den Todeszeitpunkt. Wir haben daher Frau Steiner noch einmal aufgesucht.«

Das stand zwar alles in dem Bericht, den Donner immer noch in der Hand hielt, es war so aber für alle Anwesenden leichter, sich ein Bild zu machen. »Die Zeugin gab schließlich nach eingehender Befragung zu, gegen 22:15 Uhr Schritte auf der Treppe vernommen zu haben. Sie hatte bis dahin ferngesehen. Durch den Türspion sah sie eine Frau, die der Beschreibung des Zeugen Zinke entsprach, nach oben gehen. Wir wissen daher nun, wann diese Person das Haus betrat und wann sie es wieder verließ.«

»Danke, Denise!« Donner legte grüblerisch die Stirn in Falten. »Ich verspeise auf der Stelle einen Besen, wenn es sich dabei nicht um die Mörderin von Helmut Scholl handelte!« Er schaute auffordernd in die Runde: »Oder wie seht ihr das?«

»Auf jeden Fall war sie zur mutmaßlichen Tatzeit im Haus, Chef«, fühlte Tobias sich angesprochen. »Ob sie aber auch in der Wohnung war, wissen wir streng genommen nicht! Und das Gesicht sah die Steiner leider auch nicht. Die Frau hatte es von der Tür abgewendet.«

»Ich bitte dich! Was soll sie denn sonst eine ganze Stunde lang dort gemacht haben?«, ereiferte sich der Kommissariatsleiter. »Was sagt denn die Forensik dazu?«, wandte er sich an Jürgen Vogel. »Sind unter den Haaren, die ihr in der Wohnung fandet, auch welche, die zur Beschreibung dieser Frau passen?«

Jürgen Vogel blieb dieses Mal sitzen. »Jeder gesunde Mensch verliert täglich im Mittel an die hundert Kopfhaare, was durch das Nachwachsen neuer Haare verursacht wird. Vorausgesetzt, die fragliche Person hätte sich tatsächlich eine volle Stunde in den Räumen aufgehalten, müssten wir mindestens zwei bis vier Haare gefunden haben«, gab der Forensiker reichlich umständlich und zudem mehr als vage kund.

»Und? Habt ihr?«, schoss ich meine Frage ab, und war damit nur einen Tick schneller als Donner, der ebenfalls schon den Mund geöffnet hatte. Dass man diesen Kerlen jedes Wort einzeln aus der Nase ziehen musste!

Vogel grinste mich an: »Eben nicht! Nicht ein einziges Haar, das länger als ein paar Zentimeter war, haben wir sichergestellt, ein Blondes schon gar nicht. Und das bedeutet ohne Frage, dass die fragliche Person, sofern sie sich in der Wohnung aufhielt, eine Perücke trug!«

Mein überraschter Blick kreuzte sich mit dem von Tobias. Was das für unsere weiteren Ermittlungen bedeutete, war uns beiden klar: Da hatte jemand unbedingt vermeiden wollen, erkannt zu werden. Es hätte mich nicht sonderlich erstaunt, zu hören, dass die in höchstem Maße Verdächtige eine Sonnenbrille trug. Und das wiederum ließ den Schluss zu, dass es sich bei der Dame vermutlich um eine den Beteiligten bekannte Person handelte, was die Angelegenheit aber nicht eben unproblematischer gestaltete.

Unsere nächste Maßnahme war ebenfalls klar: Es galt jetzt, die Bekanntenkreise von Scholl, Steiner und Zinke auseinanderzunehmen. Und das berufliche Umfeld des Opfers zu durchleuchten, was sich bei einem mutmaßlichen Freiberufler ebenfalls schwierig gestaltete.

Ich horchte auf, als ich die angenehm sonore Stimme Dreyers vernahm. Ich hatte während meiner Überlegungen gar nicht mitbekommen, dass der Chef soeben erneut der Forensik das Wort erteilt hatte, und wurde erst wieder aufmerksam, als der IT-Spezialist die Ergebnisse seiner Untersuchungen bezüglich des Computers des Mordopfers vortrug. Ein Handy hatte der augenscheinlich nicht besessen, jedenfalls hatte man keines in der Wohnung gefunden.

»... haben wir auf dem sichergestellten Laptop keinerlei relevante Daten gefunden«, hörte ich den Informatiker gerade sagen. »Keine Texte - was für einen Journalisten oder Schriftsteller schon recht ungewöhnlich ist - und auch sonst kaum mehr, als man auf einem flammneuen Gerät vorfinden würde.«

»Gibt es Hinweise, dass diese Daten gelöscht wurden?«, ließ sich Tobias vernehmen. Ein guter Gedanke, der mir ebenfalls auf der Zunge lag.

»Nein, das wäre mir aufgefallen«, gab Dreyer selbstbewusst zurück. »Es gibt aber eventuell eine einfache Erklärung dafür. In den Tiefen des Betriebssystems bin ich auf verwaiste Verlinkungen gestoßen, wie sie vornehmlich entstehen, wenn man Dateien auf einem externen Datenträger öffnet. Wir gehen daher davon aus, dass Scholl seine Texte auf einem USB-Stick mit sich herumtrug, um jederzeit darauf zugreifen zu können. Diese Vorgehensweise ist in seinem Metier nicht unüblich.«

»Habt ihr denn einen solchen Stick bei ihm gefunden?«, erklang eine phlegmatische Stimme. Mein Kopf ruckte zu dem Fragesteller herum. Zu meiner grenzenlosen Verblüffung war es ausgerechnet Theisen, der diese durchaus berechtigte Frage in den Raum gestellt hatte.

Jürgen Vogel schüttelte den Kopf. »Fehlanzeige! In einer Schreibtischschublade fanden wir insgesamt drei Sticks, die jedoch allesamt leer waren. Entweder ist der Gesuchte einer davon und jemand hat ihn gelöscht, oder der Täter hat den Datenstick mitgehen lassen.«

»Was ist mit einem Email-Konto?«, meldete Tobias sich zu Wort. »Habt ihr da was für uns?«

»Er hatte ein elektronisches Postfach«, erklärte Dreyer. »Es war aber bis auf jede Menge Werbemails, die ja jeder bekommt, leer. Auch nichts bei den gelöschten Elementen. Entweder hat er dieses Medium nicht sonderlich intensiv genutzt oder gründlich aufgeräumt. Es gibt aber Hinweise darauf, dass Scholl sich massiv auf Internetseiten diverser Dienste herumgetrieben hat, die sogenanntes *Selfpublishing* anbieten. Also das Veröffentlichen von Büchern freiberuflicher Autoren, die keinem Verlag angehören. Die Liste liegt meinem Bericht bei, ihr erhaltet ihn spätestens heute Nachmittag.« Er klappte den Notizblock, von dem er abgelesen hatte, zu. Offenbar war er mit seinen Ausführungen durch. »Außerdem haben wir Zugangsdaten zu einem Online-Casino entdeckt, wenn euch das etwas hilft.« Er zuckte mit den Schultern.

Was sollte uns das bringen? Ich machte mir aber vorsorglich eine entsprechende Notiz. »Und was ist mit der Schreibmaschine?«, erinnerte ich ihn an ein, wie ich meinte, wichtiges Detail.

»Schreibmaschine?«, echote Dreyer mit hochgezogenen Augenbrauen und sah mich verständnislos an. »Eine Schreibmaschine ist eine Schreibmaschine. Außer den Fingerabdrücken ihres Besitzers gab sie nichts her. Möglich, dass er seine Korrespondenz damit abwickelte.«

»Eine Zeugin sagte aus, Scholl habe jeden Tag stundenlang darauf geschrieben«, blieb ich beharrlich, in Erinnerung an etwas, das Miriam Steiner bei ihrer Vernehmung eher beiläufig erwähnte. »Das hört sich nicht eben nach Briefeschreiben an! Und außerdem, ich weiß ja nicht, ob es einem von euch aufgefallen ist, in der Wohnung gab es keinen Drucker, oder?«

»Es kann ja sein, dass er auch mit einem richtigen Verlag zusammengearbeitet hat«, vermutete Donner nach einigem Nachdenken. »Aber ich denke, da können wir lange suchen, bis wir einen finden, der noch Texte in Papierform, mit der Schreibmaschine geschrieben, akzeptiert. Erkundigt euch danach!«, gab er Tobias und mir den Auftrag. »Und ihr besorgt euch die Zugangsdaten zu diesen Online-Diensten, sofern vorhanden!« Frohn und Theisen nickten folgsam zu der an sie gerichteten Order.

»Die dazu notwendigen Gerichtsbeschlüsse besorge ich euch noch«, fügte Donner hinzu. »Eines noch: Da dieser Mensch augenscheinlich kein Handy besaß, habe ich schon mal die Verbindungsnachweise seines Festnetzanschlusses bei der Telefongesellschaft angefordert. Die müssen dann ebenfalls überprüft werden. Und nun an die Arbeit, Leute!«

* * *

TOBIAS

Wir waren auf dem Weg nach Niederkassel, wo Eveline Klausen wohnte. Rheidter Straße 24. Am Steuer saß heute wieder Denise, die ihrer Aufgabe wie immer mit äußerster Konzentration nachkam. »Du hast mir immer noch nicht erzählt, woher du Anna Stahl kennst«, sagte sie unvermittelt, nachdem sie den ganzen Weg über geschwiegen hatte. Es klang vorwurfsvoll.

Sie hatte recht, ich hatte mich vor der Antwort auf ihre diesbezügliche Frage heute Morgen gedrückt. Vor meinem inneren Auge erschien eine Szene aus den ersten Tagen bei der Kripo Siegburg. Ich war mit der damaligen Kommissarin im Rahmen einer Zeugenbefragung aneinandergerasselt. Sie glaubte, dass ich und Melanie, mit der ich damals ermittelte, unsere Kompetenzen überschritten, weil besagter Zeuge in Köln, also in ihrem Zuständigkeitsbereich, wohnte.

Ich lächelte in der Erinnerung daran still vor mich hin. Anna kann, so klein sie ist - kaum größer als hundertfünfundsechzig Zentimeter - schon recht ungemütlich werden. Ich gab Denise eine kurze Zusammenfassung der damaligen Begebenheit, womit sie sich zufriedengab.

Wesentlich amüsanter fand ich die Episode, wie Denise und ich auf den Gedanken kamen, Scholls Ex einen weiteren Besuch abzustatten: Donner hatte uns ja vorhin beauftragt, etwaige Verlage, bei denen Scholl unter Vertrag stehen könnte, ausfindig zu machen. Als wir dann in unserem Büro ankamen, griff ich gewohnheitsmäßig zu meiner Lederjacke, wie ich es immer tat, wenn ich in den Außendienst wollte. Fast synchron tat Denise dasselbe mit ihrer Jacke.

Einträchtig nebeneinander liefen wir anschließend den Flur entlang zu den Aufzügen, bis Denise plötzlich wie angewurzelt stehenblieb und mich entgeistert anschaute. ›Äh ... wissen wir überhaupt, wohin wir wollen?‹, hatte sie mich gefragt, und die Stirn in lustige Falten gelegt. ›Ist das denn nicht klar?‹, gab ich verwundert zurück. ›Zu der Klausen selbstverständlich! Wenn es jemanden gibt, der uns über die Tätigkeit Scholls etwas sagen kann, ist es doch seine Frau!‹

Ich schmunzelte in Erinnerung daran erneut. Wie es aussah, waren Denise und ich uns mental doch sehr ähnlich, sie hatte exakt denselben Gedanken gehabt. Eine weitere Bestätigung für ihre kriminalistischen Fähigkeiten bekam ich einige Minuten später.

»Tobi?«, begann sie zögernd, und ich öffnete automatisch den Mund zu einem Protest. »Scholl ist doch ungefähr einsachtzig groß und wiegt etwa achtzig Kilogramm.« Und klappte ihn wieder zu.

»Ja, das ist richtig«, brummte ich stattdessen und fragte mich, was ihr durch den Kopf gehen mochte.

»Und Balensiefen meinte, der Schlag auf den Hinterkopf sei von einer gleichgroßen Person verursacht worden, was ja auf die von Zinke und Steiner zur fraglichen Zeit im Hausflur angetroffenen Frau zutreffen würde.«

Mir war immer noch nicht ganz klar, worauf Denise hinauswollte. »Es braucht schon viel Kraft, einen Mann von Scholls Gewichtsklasse ins Badezimmer zu schleifen und in die Wanne zu legen«, führte sie ihren Monolog fort. Jetzt fiel bei mir endlich der Groschen!

»Ich denke, ich weiß, was du sagen willst«, fasste ich ihre Gedanken zusammen. »Scholl war vielleicht gar nicht bewusstlos, oder jedenfalls nicht infolge eines Schlages auf den Kopf! Er könnte auf den Wannenrand gesetzt und dann nach hinten in die Badewanne gekippt worden sein. Dann wäre die Beule an seinem Hinterkopf dadurch verursacht worden! Wenn jemand rücklings aus einer erhöhten Position auf den Kopf fällt, kann die dadurch verursachte Verletzung durchaus oberhalb einer gedachten Hutkrempe liegen.«

Jetzt grinste sie mich offen an. »Mister Holmes, das war erstklassig geschlussfolgert!«, witzelte sie. »Und in diesem Fall können wir die Theorie, der Täter oder die Täterin sei gleich groß gewesen, vergessen. Dann kann es jeder gewesen sein! Wir sollten in der KTU nachfragen, ob sie die Weinflasche gefunden haben, aus der an dem Abend getrunken wurde!«

Holmes? Ob sie von meiner Leidenschaft für die Geschichten über Sir Arthur Conan Doyles Meisterdetektiv wusste? »Und ob man noch nachweisen kann, ob der Wein mit einem Betäubungsmittel versetzt wurde«, ergänzte ich und überging ihre Bemerkung über Sherlock Holmes geflissentlich.

Ich griff zu meinem Handy, um unsere Überlegungen umgehend an Jürgen Vogel durchzugeben. Balensiefen bezüglich unserer soeben entwickelten Theorie ebenfalls noch einmal zu kontaktieren, erschien mir aber sinnlos. Er hatte ja eine Sturzverletzung nicht vollständig ausgeschlossen.

»Aber vergiss nicht, dass diese unbekannte Frau absolut zu Balensiefens Einschätzung passt, sowohl in der Körpergröße als auch bezüglich der Zeit, in der sie dort gesehen wurde!«, erinnerte ich Denise an ein wichtiges Detail.

»Hm, ja. Du hast recht. Und einen Mann wie Helmut Scholl mehr als einen halben Meter hoch auf den Rand einer Badewanne zu wuchten, ist auch nicht gerade leicht.«

* * *

Eveline Klausen entsprach im Großen und Ganzen der zugegebenermaßen reichlich vagen Beschreibung durch Frohn und Theisen. Wobei ich die Größe eher noch nach unten korrigiert hätte, da die Frau - ihr Alter war in unseren Unterlagen mit Sechsundvierzig angegeben - Schuhe mit mindestens vier Zentimeter hohen Absätzen trug, wie ich mit einem schnellen Blick feststellte, als sie vor uns in der Wohnungstür stand.

Die rotbraunen Haare, die mich auf eine unangenehme Weise an Melanie erinnerten, trug sie aber im Gegensatz zu ihr in einer schicken Kurzhaarfrisur mit einem asymmetrisch geschnittenen Pony, der ihr rundliches Gesicht vorteilhaft betonte.

Als die geheimnisvolle nächtliche Besucherin kam sie wohl eher nicht in Betracht. Wobei genau genommen der letzte Beweis dafür, dass Steiner und Zinke dieselbe Person sahen, noch ausstand. Zumal der Eine sie lediglich von hinten sah und die Andere durch den Türspion, der ja bekanntlich die Perspektive stark verzerrt.

Jetzt jedenfalls verwandelte Helmut Scholls Verflossene ihr hübsches Gesicht in ein einziges großes Fragezeichen, kaum dass Denise und ich ihr unsere Ausweise vor die Nase gehalten und uns mit Dienstgrad und Namen vorgestellt hatten.

»Es waren aber doch erst gestern zwei Kollegen von Ihnen hier!«, protestierte sie und machte keinerlei Anstalten, uns in die Wohnung zu bitten. Es klang vorwurfsvoll. Mit einem Mal erweckte ihr Verhalten Argwohn bei mir und ich machte mir gedanklich eine entsprechende Notiz. Automatisch suchten meine Augen die von Denise, die jedoch ein betont unbeteiligtes Gesicht aufgesetzt hatte.

»Es haben sich im Nachhinein noch Fragen ergeben, Frau Klausen«, informierte sie die Frau diplomatisch. In solchen Situationen war sie eindeutig die Besonnenere von uns. »Es ist aber sicher besser, wenn wir das drinnen erörtern. Wäre das für Sie in Ordnung?«

Die Miene der Frau hellte sich sichtbar auf. Hatte sie etwa bei unserem Erscheinen befürchtet, wir wären hier, weil wie sie verdächtigten? Oder gar, um sie festzunehmen? »Aber natürlich!«, stieß sie eilig hervor und gab den Weg frei. »Treten Sie nur ein!«

* * *

»Stimmt denn mit den Angaben etwas nicht, die ich Ihren Kollegen gegenüber machte?«, erkundigte sich Eveline Klausen trotz Malowskis Erklärung in einem mehr als besorgt klingenden Tonfall, kaum dass wir auf einer Sitzgruppe im Wohnzimmer Platz genommen hatten.

Ich kramte in meinem Gedächtnis: Die Frau hatte den Kollegen Frohn und Theisen gegenüber angegeben, am Montag mit ihrer Freundin bei einem Italiener hier in der Nähe zu Abend gegessen zu haben. Danach seien sie noch im Kino gewesen, wo eine Komödie in der Spätvorstellung lief.

»Ich bin mir sicher, dass damit alles in Ordnung ist, Frau Klausen«, beruhigte ich sie und setzte ein geschäftsmäßiges Lächeln auf. Insgeheim nahm ich mir jedoch vor, mich mit ihrem Alibi jetzt doch etwas gründlicher zu beschäftigen. Diese Frau benahm sich irgendwie merkwürdig.

Denise kritzelte etwas in ihren Notizblock. Ob sie den gleichen Gedanken hegte? »Nennen Sie uns doch bitte zur Sicherheit noch einmal Name und Anschrift ihrer Freundin«, forderte sie Frau Klausen in einem unbeteiligten Tonfall auf, während sie noch schrieb. Es klang völlig harmlos. »Ach, und die Adresse des Italieners noch, wenn es Ihnen nichts ausmacht. Und den Titel des Films!« Meine Partnerin war also ebenfalls misstrauisch geworden.

Gleichwohl schien unsere Gastgeberin sich übergangslos zu entspannen, sie atmete einmal tief durch und wiederholte dann mit ruhiger Stimme die gestern gegebenen Informationen. Sie stimmten wortwörtlich überein. »Ist es eigentlich rechtens, dass Ihre Kollegen meine Fingerabdrücke genommen haben?«, fragte Klausen mich völlig übergangslos im Anschluss. »Ich dachte immer, dass man dafür einen Gerichtsbeschluss benötigt!« Sie zog dabei einen Schmollmund und sah jetzt irgendwie niedlich aus.

Denise sah von ihrem Notizblock auf und schaute die Sprecherin entgeistert an. Dann mich. Und wieder zu Klausen. Ich war ebenfalls über das unprofessionelle Verhalten unserer Kollegen schockiert. Die hatten es garantiert versäumt, darauf hinzuweisen, dass die Abgabe der Fingerabdrücke freiwillig war. Was das im Zweifel bedeutete, war klar: Im schlimmsten Fall wären sie aus diesem Grund als Beweis vor Gericht nicht zugelassen. Allerdings hatte die Forensik keine Übereinstimmung am Tatort nachweisen können.

Ich hob gerade zu einer unverfänglichen Erklärung zur Schadensbegrenzung an, als Denise mir ins Wort fiel: »Äh ... das ist mir jetzt wirklich etwas peinlich ...«, wandte sie sich mit einem gequälten Gesichtsausdruck an Eveline Klausen. »Ob ich wohl mal kurz ihr Bad benutzen dürfte?«

»Aber ja! Es ist gleich hinter der Tür rechts!«, gab Klausen mit einem wissenden Gesichtsausdruck zurück. Denise verließ eilig das Zimmer, und ich gab der Frau die fällige Rechtsbelehrung bezüglich der freiwilligen Abgabe von Beweismitteln, die Frohn und Theisen ›vergessen‹ hatten.

* * *

DENISE

Was ich vorhatte, war mindestens ebenso verwerflich wie das Versäumnis unserer Kollegen, worüber Tobias jetzt vermutlich mit der Klausen diskutierte. Aber was wäre ich für eine Frau, wenn mich aufgrund meiner Beobachtung *nicht* die Neugier gepackt hätte? Ich *musste* mir einfach Gewissheit verschaffen!

Als ich der Klausen vorhin ins Gesicht sah und sie einen gekonnten Schmollmund zog, kam ich nicht umhin, gleich zwei Dinge zu bemerken. Da war zum Einen die Tatsache, dass unsere ›Zeugin‹ allem Anschein nach mit meinem Partner heftig flirtete. Unerheblich. Aber wesentlich wichtiger war ihr dick aufgetragener Lippenstift, der mir jetzt direkt ins Auge fiel. Warum bemerkte ich das eigentlich erst jetzt? Ich beschloss daher, mich diesbezüglich ein wenig umzuschauen. Tobi musste ja erst einmal nichts davon wissen.

Ich täuschte ein ›Frauenproblem‹ vor und begab mich in das Badezimmer, wo ich hoffte, meinen Verdacht bestätigt zu bekommen. Schnell ließ ich meine Blicke schweifen, viel Zeit hatte ich nicht. Über dem Waschbecken, genauer gesagt, auf einer gläsernen Ablage unter einem recht großen beleuchteten Spiegel wurde ich fündig. Nebst einigen Flakons mit Parfum und den üblichen Schminkutensilien wie Puderquaste, Mascara und so weiter, standen mehrere Lippenstifte, nach Farben sortiert, einträchtig nebeneinander. Bingo!

Ich trat schnell näher, wobei ich aber einen Teil meiner Aufmerksamkeit auf die noch gut vernehmbaren Stimmen aus dem Wohnzimmer richtete. Nicht auszudenken, wenn man mich hier beim Spionieren erwischte! Gerade hörte ich Eveline Klausen etwas albern kichern. Was die Frauen nur immer mit meinem Partner hatten, war mir völlig schleierhaft. Die Steiner hatte ihn bei ihrer Vernehmung ebenfalls richtiggehend angehimmelt. Dabei könnten die vom Alter glatt als seine Mutter durchgehen. Beide.

Zwei der Stifte waren von der Marke, die Vogel im Zusammenhang mit den Lippenstiftspuren an diesem Rotweinglas nannte: *Luxe Lip Color.* Ich nahm beide in die Hand, um mir das Label anzuschauen. *Red Velvet* und *Bahama Brown.* Volltreffer! Ich schaute auf die Uhr. Erschrocken stellte ich fest, dass ich fast zehn Minuten hier drinnen war. Höchste Zeit, ins Wohnzimmer zurückzukehren.

* * *

Als ich durch die Tür trat, verstummte Frau Klausen, die soeben etwas zu Tobias sagte, nahezu auf der Stelle und musterte mich kritisch. »Haben Sie alles gefunden, Frau Kommissarin?« Sah ich da Misstrauen in ihren Augen?

»Alles bestens, danke«, gab ich vage zurück und nahm meinen Platz wieder ein. »Okay, kommen wir zum Grund für unseren Besuch«, wurde ich übergangslos dienstlich. Schon allein, um vom Thema abzulenken. »Und zwar geht es um Ihren geschiedenen Ehemann. Wir sind uns noch nicht so ganz im Klaren, was er beruflich machte. Können Sie uns diesbezüglich etwas sagen?«

Eveline Klausen sah mich überrascht an, diese Frage hatte sie offenbar nicht erwartet. »Ja ... also ...«, stotterte sie herum. »Helmut und ich haben uns ja schon im Jahr 1999 getrennt. Damals hatte er gerade seine Arbeit verloren. Er war bei einer kleinen Zeitung als Journalist beschäftigt.«

»Haben Sie auch einen Namen für uns?«, fasste Tobias sofort nach.

»Von der Zeitung? Warten Sie … das war so eine Kleine, Unbedeutende … Außer meinem Mann gab es auch nur noch zwei oder drei weitere Mitarbeiter, den Inhaber eingeschlossen. Den Verlag gibt es aber auch nicht mehr. Hat dichtgemacht. Das war ja auch der Grund für die Entlassung. Die berichteten vornehmlich über Skandale, Enthüllungen und so. Und Verschwörungstheorien.« Sie dachte einige Sekunden konzentriert nach. »Jetzt weiß ich es wieder: Die Zeitung hieß ›Unfassbar!‹. Mit Ausrufezeichen.«

»Und was hat ihr Mann danach gemacht? Nachdem er entlassen wurde?«

»Er hat Bücher geschrieben. Ebenfalls über so ein Zeugs. Ufos und Außerirdische, sie wissen schon.« Klausen rollte bezeichnend mit den Augen.

»Bei einem richtigen Verlag?«, fragte ich sie. »Oder hat er selbst publiziert?«

Klausen legte gekonnt die Stirn in Falten. »Die Selfpublisher-Welle hatte damals ja noch gar nicht so recht angefangen«, erläuterte sie uns. »Und wenn, war es allerhöchstes ein Insider-Tipp. Helmut war zudem der Meinung, dass, wenn einer keinen Verlag für seine Bücher findet, der eben kein Talent hat. Er war auf diese neue ›Unart‹, wie er sich ausdrückte, nicht sonderlich gut zu sprechen. Außerdem hatte er mit den modernen Medien ohnehin nicht viel am Hut. Alles, was technischer war als eine Schreibmaschine, war ihm im höchsten Maße suspekt. Er besaß doch mit Sicherheit immer noch kein Handy, oder etwa doch?«

»Gefunden haben wir keins«, antwortete ich wahrheitsgemäß. »Aber einen Computer, es waren jedoch keine Daten darauf gespeichert. Wie, sagten Sie noch, hieß der Verlag, bei dem Ihr Mann unter Vertrag stand?«

»Das war damals der Penrose-Verlag in Bonn. Helmut würde es zwar niemals zugeben, aber das waren die Einzigen, die Interesse hatten.«

»Unser Mordopfer war also so etwas wie ein Enthüllungsjournalist«, resümierte Tobias auf dem Weg zu unserem geparkten Dienstwagen. »Ob er dabei irgendwem versehentlich derart heftig auf die Füße getreten ist, dass der ihn umbrachte? Wir müssen unbedingt herausfinden, woran er zuletzt gearbeitet hat!«

»Meinst du, da waren Außerirdische am Werk?«, grinste ich ihn an. »Hab noch nie davon gehört, dass die Leute umbringen. Machen die nicht immer nur Entführungen?«

»Ha, ha«, machte er. »Wirklich witzig ... Komm, lass uns fahren.«

* * *

»Hast du gefunden, wonach du vorhin gesucht hast?« Tobias' wie beiläufig gestellte Frage hätte mich fast vor Schreck das Steuer herumreißen lassen. »Äh ... ich weiß nicht, was du meinst ...«, rettete ich mich in eine beliebte Standardantwort, um Zeit zu gewinnen.

»Ich bitte dich, Denise. Mir kannst du nichts vor-machen! Du hast doch garantiert im Badezimmer der Klausen deren Schminksachen ausspioniert«, brachte er es auf den Punkt. Als wenn er Gedanken lesen könnte. Wie machte dieser Kerl das bloß immer? Das war ja beinahe schon unheimlich!

»Okay, du hast recht«, gab ich zu. »Wie bist du drauf gekommen?«

»Induktion und Deduktion«, gab er in dozieren-dem Tonfall zurück. »Alle Fakten kombinieren und das Unwahrscheinliche ausschließen.« Er hielt einen Finger hoch. »Fakt eins: Wenn du ein ›Pro-blem‹ gehabt hättest, müsstest du was mitgenom-men haben. Du hast aber nicht einmal eine Handta-sche.« Der nächste Finger. »Fakt zwei: Wir Polizis-ten sorgen durch entsprechendes Timing dafür, dass wir niemals bei einem Verdächtigen oder Zeu-gen auf die Toilette müssen.« Auf den dritten Fin-ger tippte er zur Bekräftigung theatralisch mit dem Zeigefinger der anderen Hand. »Und schließlich gehen Frauen nie, aber auch wirklich niemals, alleine dorthin!«, erklärte er mir ernsthaft. Jetzt musste ich doch lachen.

»Na, du musst es ja wissen!« Kaum, dass ich das gesagt hatte, tat es mir auch schon leid, weil sein Gesicht übergangslos versteinerte. Ich wusste auch, warum. Tobias war ja nicht der Einzige mit einer kriminalistischen Spürnase. Der Ring an sei-nem Finger war mir gleich am ersten Tag aufgefal-len, und die Namensgleichheit mit der Kommis-sarin im Kommissariat 2 ebenfalls. Ich hatte mich daher etwas umgehört. Man munkelte, dass die

Eheleute Heller sich getrennt hätten. Tobias wurde mit einem Mal sehr still und grübelte von sich hin.

»Und?«, brach er nach ein paar Minuten das Schweigen. Ich wusste, was er von mir wissen wollte.

»Sie besitzt exakt denselben Lippenstift, dessen Abdruck die KTU an dem Weinglas fand«, informierte ich ihn.

»Hm«, brummte er. »Du weißt aber hoffentlich, dass uns das überhaupt nicht weiterbringt? Es gab keine nachweisbaren Fingerabdrücke von Eveline Klausen am Tatort, und einen Beschluss für eine DNA-Probe von ihr können wir uns erst einmal abschminken.« Plötzlich sah er mich mit ungewohnt ernster Miene von der Seite an. »Die Haare, die du vermutlich aus ihrer Haarbürste hast mitgehen lassen, dürfen wir für einen Vergleich nämlich nicht benutzen!«, erinnerte er mich an das über die Unzulässigkeit unvorschriftsmäßig beschaffter Beweise auf der Polizeischule erworbene Wissen.

»Woher ... woher weißt du denn das jetzt wieder?« Er hatte leider recht. Als ich die Bürste beim Verlassen des Badezimmers dort liegen sah, konnte ich einfach nicht widerstehen. Wortlos griff ich in die Tasche und reichte ihm den Beutel mit den Haaren.

Jetzt lächelt er wieder. »Nennen wir es Instinkt.«

»Es wäre aber immerhin ein Indiz!«, blieb ich beharrlich. Als Antwort erhielt ich jedoch lediglich ein weiteres Brummen von ihm. Den Rest des Weges schwiegen wir. Und während wir so dahinfuhren, beschlich mich der leise Verdacht, dass meine Aktion vorhin weitaus weniger genial war, als ich angenommen hatte.

Sie fühlen sich vollkommen sicher, wenn Sie eine simple Musik-CD in das Laufwerk Ihres Computers einlegen und während der Arbeit am PC ganz entspannt zum Beispiel Beethovens neunte Sinfonie genießen?

Sie glauben sich beim Anhören der CD allein, und niemand sieht oder hört Ihnen dabei zu? Wer sollte Sie denn auch beim simplen Musikgenuss ausspionieren wollen, denken Sie?

Nun, da sind Sie aber ganz gewaltig auf dem Holzweg! Zumindest, wenn es um die Scheiben eines bekannten Musik-CD Herstellers aus den USA geht, der große Bruder interessiert sich nämlich für alles, was wir tun!

Dieser Konzern rüstete unlängst seine Silberscheiben mit einer Software aus, die, sobald die CD in ein Computerlaufwerk eingelegt wurde, auf Ihrem Rechner ein Schadprogramm installierte, welches umfangreiche Informationen über Ihren PC, wie beispielsweise IP-Adresse und Betriebssystem, an den Hersteller übermittelte!

Das ging über Ihren eigenen Internetanschluss vonstatten und von Ihnen völlig unbemerkt. Es handelte sich dabei wohlgemerkt um ganz simple Musik!

(Helmut Scholl, unveröffentlichtes Manuskript)

FÜNF

TOBIAS

Freitag, 9. Oktober, 8:22 Uhr

Wir waren auf dem Weg zu diesem Verlag, den uns Scholls geschiedene Frau gestern nannte. Danach wollten wir ihrer Freundin einen erneuten Besuch abstatten, um das Alibi einer kritischeren Prüfung zu unterziehen, als es die Oberkommissare Theisen und Frohn gemacht hatten. Wenn sie es denn taten. Der Versuch, Gabriele Münch im Anschluss an die gestrige Vernehmung Klausens aufzusuchen, war leider fehlgeschlagen. Sie war nicht zu Hause gewesen.

Mir ging einiges durch den Kopf, als ich den Dienstwagen auf die Autobahn Richtung Bonn lenkte. Vor allem beschäftigte mich Denises illegale Beschaffung von Beweismitteln. Nicht, dass ich sowas in der Art nicht ebenfalls machen würde, wenn es denn einen Sinn ergäbe. Was aber leider hier nicht der Fall war.

Mit der Kenntnis des von der Klausen benutzten Lippenstiftes konnten wir nichts anfangen, solange es keinen weiteren, unwiderlegbaren Beweis für ihre Anwesenheit am Tatort gab. Und genau *diesen* Beweis hatten wir in der Tat *nicht*, weil die von Denise ohne Wissen der verdächtigen Person, also

Eveline Klausen, einer Haarbürste entnommenen Haare nicht von uns verwendet werden durften!

Die Jungs von der Forensik taten zwar immer so, als ob sie die DNA-Analysen selbst vornahmen. In Wahrheit ist dafür aber das Institut für Rechtsmedizin der Universität Bonn zuständig. Und das bedeutet, dass es sich bei DNA-Analysen um externe Vergaben handelt, die notgedrungen aktenkundig werden. Wie hätten wir eine nicht legal beschaffte Probe erklären sollen?

Dabei hatte ich, ebenso wie Denise, bei Eveline Klausen ein ungutes Gefühl, was eine mögliche Beteiligung an der Ermordung ihres Ex-Mannes anging. Ihr merkwürdig konfuses Verhalten in Verbindung mit der Tatsache, dass Spuren einer Lippenstiftmarke, die sie benutzte, am Tatort hinterlassen worden waren, machte sie zumindest verdächtig. Vielleicht gelang es uns ja, ihr Alibi zu widerlegen. Dann hatten wir nämlich eine rechtliche Handhabe, offiziell eine DNA-Probe von ihr zu verlangen!

»Penrose ... Merkwürdiger Name für einen Verlag, findest du nicht?«, brach Denise nach einer Weile das Schweigen.

»Warum? Ein Penrose-Dreieck ist ein ...«

»... ein unmögliches Dreieck, ich weiß. Aber ...«

»Eben. Ich finde den Namen perfekt für einen Verlag, der sich mit obskuren Dingen beschäftigt. Ich wette, ich weiß auch schon, was deren Logo darstellt!«

»Hm. Aber was anderes: Scholls Ex schloss doch gestern ein Selfpublishing kategorisch aus. Ich bin wirklich gespannt, was Frohn und Theisen diesbezüglich herausbekommen.«

»Zehn Jahre sind eine lange Zeit, Denise! Und Ansichten ändern sich, er könnte auf den schnellen Euro scharf gewesen sein, den man damit machen kann. Es gibt da so gut wie keine Qualitätskontrollen, alles wird kritiklos veröffentlicht.«

»Ja, aber seine Einstellung zu Computern und so weiter schien er zumindest schon mal nicht geändert zu haben.«

»Nun ja, wer überall Verschwörungen sieht oder darüber schreibt, ist möglicherweise ein wenig paranoid. Vielleicht traute er den elektronischen Medien einfach nicht und hat deswegen alles mit der Schreibmaschine geschrieben.«

»Ich habe da gewisse Zweifel, was die Aussage der Klausen angeht, sie habe seit damals keinen Kontakt mehr zu Scholl gehabt!«

»Die habe ich ebenfalls, Denise. Wir müssen eben versuchen, ihr das Gegenteil zu beweisen.«

* * *

»Helmut Scholl?« Heinz-Dietrich Gruber, Inhaber von *Penrose*, schaute uns über den Rand seiner Lesebrille mit zusammengekniffenen Augen an. »Der ist bei uns unter Vertrag. Was kann ich für Sie tun?«

Gruber war sicherlich jenseits der Fünfzig, kahlköpfig und von massiger Gestalt. Zweihundertfünfzig Pfund Lebendgewicht ließen den Chefsessel, auf dem er bei unserem Eintreten thronte, erleichtert aufseufzen, als er aufstand, um Denise und mich mit Handschlag zu begrüßen.

Eine Vorzimmerdame schien er nicht zu haben, wir waren einfach zu einem der Büros gegenüber der Eingangstür durchmarschiert und hatten gleich das Glück, auf den Chef zu treffen. Allerdings schien dieser Verlag ohnehin nur eine Handvoll Mitarbeiter zu haben.

»Ich hoffe für Sie, Scholl war nicht gerade Ihr Zugpferd, Herr Gruber«, übernahm Denise die Aufgabe, den Verlagschef über den Grund unserer Anwesenheit in Kenntnis zu setzen. »Wir müssen Ihnen nämlich mitteilen, dass Herr Scholl nicht mehr unter den Lebenden weilt. Er wurde ermordet!«

Dieses Mal gab das Sitzmöbel einen geradezu protestierenden Laut von sich, als Gruber, der noch stand und dem schlagartig das Blut aus dem Gesicht gewichen war, sich entgeistert darauf fallen ließ. Ein verdächtiges Knirschen war zu vernehmen.

»Was sagen sie da? Ermordet?« Die Worte kamen ihm fast flüsternd über die Lippen, seine Hand griff derweil nach einem bereitliegenden Taschentuch, mit dem er sich den Schweiß von der Stirn tupfte. »Sowas musste ja mal passieren ...«, brachte er mühsam hervor und starrte blicklos vor sich hin.

Die Wortwahl ließ mich aufhorchen. »Was genau meinen Sie damit, Herr Gruber?«, hakte ich daher sofort nach. »Hatte Herr Scholl Feinde? Wurde er bedroht? Was wissen Sie?«

Gruber legte endlich das völlig durchnässte Taschentuch beiseite und sah mich mit einem wissenden Ausdruck an. »Sie haben wohl keine Ahnung, worüber Herr Scholl schreibt ... äh, geschrieben hat?«, bemerkte er sodann in verschwörerischem Tonfall, wobei er sich umschaute, wie um sich zu vergewissern, dass niemand uns belauschte.

»Nun, nicht so richtig«, musste ich zugeben, da niemand von uns bislang die Notwendigkeit gesehen hatte, sich mit diesem Thema auseinanderzusetzen. »Was schrieb er denn so?«

»Warten Sie, ich müsste einige Exemplare seiner Werke noch im Schrank haben. Belegexemplare, die irgendwie übriggeblieben sind. Die kann ich Ihnen überlassen, wenn Ihnen das weiterhilft. Herr Scholl schrieb vornehmlich über Missstände in Politik und Wirtschaft, geheime Machenschaften der Geheimdienste und so weiter. Da macht man sich nicht eben Freunde mit, oder? Ich wette, Sie finden Ihren Mörder in einem der Bücher!« Schon erhob er sich ächzend von seinem Platz und wühlte hektisch in einem Aktenschrank herum. Mit drei dicken Büchern kam er zu uns zurück. »Hier! Das sind die, die wir gemeinsam mit Herrn Scholl in den letzten zwei Jahren herausgebracht haben.«

Neugierig nahm ich eins der Bücher in die Hand. Ziemlich reißerische Aufmachung, der Titel lautete

›Geheimakte Vatikan‹. Das Übliche also. Es hätte mich nicht verwundert, wenn das meiste davon bei Dan Brown abgekupfert war. »Herr Scholl schrieb unter einem Pseudonym?«, vergewisserte ich mich, weil ein anderer Name auf dem Cover stand. Er klang sogar ähnlich wie der des bekannten amerikanischen Autors.

»Ja, sicher«, meinte Gruber dazu. »Das machen viele!«

Denise, die sich derweil ein Buch mit dem Titel ›Sie sind unter uns - Die Wahrheit über Roswell‹ genommen hatte, legte es nach kurzem Durchblättern mit einem undurchdringlichen Gesichtsausdruck zurück. Ich konnte jedoch einen Hauch von Belustigung in ihren Augen erkennen. Das Titelbild zierte ein glotzäugiges Alien.

»Sagen Sie: Wie hoch sind denn die Auflagen der Bücher von Helmut Scholl?«, erkundigte sie sich bei dem Verleger.

Gruber nannte eine Zahl in einem niedrigen fünfstelligen Bereich, worauf Denise leicht mit den Augen rollte.

»Sie glauben, dass jemand, der in diesen Büchern bloßgestellt wurde, für den Mord an Ihrem Autor verantwortlich zeichnet?«, vergewisserte sie sich. »Wozu sollte man sich diese Mühe machen? Schließlich wäre der Schaden doch bereits angerichtet, nicht wahr?«

Damit hatte sie recht. Aber mir kam ein anderer Gedanke: »Woran schrieb Herr Scholl eigentlich derzeit, wissen Sie das?«

Ich glaubte zwar nicht daran, dass irgendetwas in diesen Büchern Hand und Fuß hatte. Aber was wäre denn, wenn Scholl dieses Mal tatsächlich auf etwas gestoßen war? So brisant, dass man eine Veröffentlichung unter allen Umständen verhindern wollte? Das würde aber voraussetzen, dass der Betreffende davon erfahren hatte, womit wir wieder im persönlichen Umfeld des Opfers angelangt waren. Einschließlich der Mitarbeiter dieses Verlages.

»Da kann ich Ihnen leider nicht weiterhelfen, Herr Kommissar«, bedauerte Gruber. »Scholl machte immer ein Riesengeheimnis daraus. Wir - also der Verlag - erfuhren immer erst, worum es ging, wenn wir das vollständige Manuskript in Händen hielten. Er erwähnte aber einmal mir gegenüber, dieses Mal sei er einer echten Sensation auf der Spur, und es würden Köpfe rollen, wenn das bekannt wird.«

»Sie bekamen das Manuskript in Papierform?«, vergewisserte ich mich eingedenk der in Scholls Wohnung gefundenen Schreibmaschine. »Ist das denn in der heutigen Zeit nicht äußerst ungewöhnlich?«

»Ja, schon«, gab Gruber zu. »Herr Scholl fürchtete jedoch, dass man ihn beim Schreiben mit einem Computer online ausspionieren könne. Das wollte er verhindern, daher die Schreibmaschine. Wir haben die Seiten zur Weiterverarbeitung eben eingescannt.«

* * *

Eine halbe Stunde später befanden wir uns in der Nähe unseres letzten Anlaufpunktes für den heutigen Vormittag. Viel an brauchbaren Informationen konnte uns der Chef von *Penrose* ja nicht geben, weil er angeblich selbst nichts wusste. Ich war jedoch geneigt, ihm zu glauben. Wenn wir wenigstens das Manuskript von Scholls neuem Buch in die Finger bekämen, aber das war ja nicht aufzutreiben! Sollte der Mörder es mitgenommen haben?

Das würde aber bedeuten, dass es sowohl für ihn als auch für uns von immenser Wichtigkeit war! Ich schaute auf die Uhr: Es war 9:35 Uhr. Der Chef hatte die heutige Fallbesprechung um eine Stunde verschoben, das würden wir noch schaffen. Ob Gabriele Münch, die Freundin von Eveline Klausen, an diesem Freitagvormittag zu Hause war? In wenigen Minuten würden wir es wissen.

»Dieser Gruber ist schon ein merkwürdiger Vogel, findest du nicht auch, Tobi?«, begann Denise übergangslos ein Gespräch, während ich damit beschäftigt war, auf der total zugeparkten Straße noch einen Platz für den Dienstwagen zu finden. Da dies meine ganze Aufmerksamkeit erforderte, verzichtete ich dieses Mal auf den obligatorischen Protestversuch bezüglich der Verstümmelung meines Vornamens. So langsam gewöhnte ich mich ohnehin daran.

»Jedenfalls hörte sich das, was der Verlagschef da von sich gab, reichlich paranoid an«, erwiderte ich. »Dass die von dem Mist, den die auf die Menschheit loslassen, überhaupt existieren können! Und die Auflagen der Bücher von Scholl sind ja auch nicht gerade groß, wenn die Zahlen stimmen, die Gruber uns nannte. Ich frage mich, wovon der Mensch gelebt hat.«

»Ja, und da drin steht auch bestimmt nur der übliche Mist. Ich glaube nicht, dass uns das wesentlich weiterbringt!«

»Wir müssen trotzdem hineinschauen, Denise.« Ich überlegte kurz. »Na ja, in das mit den Außerirdischen vielleicht nicht.« Ich grinste. »Niemand, der seine Sinne beisammen hat, fliegt hunderte von Billionen Kilometer durch den Weltraum, um einen kleinen Schreiberling hier auf der Erde mundtot zu machen, oder?«

Mittlerweile war es mir gelungen, den Audi in eine winzige Lücke am Straßenrand zu quetschen. Nicht perfekt, aber immerhin. Freilich waren es bis zur Hausnummer 23, dem Haus, in dem Gabriele Münch lebte, gute hundert Meter. Denise hatte schon voller Ungeduld den Wagen verlassen und machte sich auf den Weg. Ich folgte ihr mit großen Schritten. »Was hast du es denn so eilig?«, rief ich ihr nach. »Warte doch einen Augenblick!«

Tatsächlich verlangsamte sie ihren Schritt deutlich. Aber nicht, weil sie auf mich warten wollte, sondern weil einige Dutzend Schritte voraus eine auffällig gekleidete Frau aus dem Wohnhaus mit der Nummer 23 trat und sich an einem davor geparkten PKW zu schaffen machte: gute 1,80 Meter groß, lange blonde Haare. Schuhe mit mörderisch hohen Absätzen. Dazu trug sie einen hellen

Mantel und, ungewöhnlich für diese Jahreszeit, eine Sonnenbrille.

»Halt, warten Sie bitte einen Augenblick!«, rief ich ihr zu. Die Dame zeigte indes keine erkennbare Reaktion, sondern stieg zügig in ihr Fahrzeug und fuhr davon. Denise notierte sich geistesgegenwärtig das Nummernschild.

Verdammt! Genauso stellte ich mir die von Olaf Zinke am Tatabend im Treppenhaus gesichtete Person vor! Allerdings könnte das einfach ein Riesenzufall sein, oder gab es hier etwa doch einen Zusammenhang?

* * *

DENISE

Der blaue Toyota war, wie Tobi und ich vermutet hatten, auf Gabriele Münch zugelassen, wie eine Halterfeststellung nach unserer Rückkehr aufs Revier ergab. Das legte den Schluss nahe, dass es sich bei der Dame, die bei unserer Ankunft dort eingestiegen war, um die Freundin von Eveline Klausen handelte. Was wiederum mehrere Fragen aufwarf, da waren wir uns einig.

Da war zum Einen die Tatsache, dass eine Frau, deren Beschreibung durchaus auf Gabriele Münch passen würde, zur Tatzeit mehrfach im Haus gesehen worden war. Zweitens war sie die Freundin der geschiedenen Ehefrau des Mordopfers, die wiederum die gleiche Lippenstiftsorte bevorzugte, die

Spuren an einem Weinglas in Scholls Spülmaschine hinterlassen hatte. Nach allem, was wir bislang wussten, war besagtes Glas ebenfalls am Tattag benutzt worden. Mir waren das ein paar Zufälle zu viel!

Schade war nur, dass ich die in der Wohnung der Klausen erworbenen Erkenntnisse sowie die mitgenommenen Haare nicht verwenden durfte, damit hatte ich mir selbst ein Bein gestellt. Wir mussten uns jetzt einige gute Argumente einfallen lassen, Donner und vor allem den zuständigen Richter davon zu überzeugen, dass die Verdachtsmomente ausreichten, eine DNA-Probe von Frau Klausen zu fordern.

Ich hatte auch schon konkrete Vorstellungen, wie das zu bewerkstelligen war. Die verdächtigen Zusammenhänge zwischen Münch und Klausen, und dass Gabriele Münch durchaus am Tatort gewesen hätte sein können, waren eine Tatsache, damit konnte man durchaus argumentieren.

Das mit dem Lippenstift würde ich so darstellen, dass ich bei der Vernehmung der Klausen mit dem Kennerblick einer Frau Farbe und Marke des Lippenstiftes, den diese aufgetragen hatte, erkannt hatte. Männer sind jederzeit bereit, einem so einen Unfug zu glauben.

Und den Lippenstift hatte sie ja tatsächlich an dem Tag benutzt, dadurch war ich ja erst auf die Idee gekommen, mich mal in ihrem Badezimmer umzuschauen. Letzteres musste natürlich ebenso unerwähnt bleiben wie die Sache mit den Haaren.

Jürgen Vogel hatte während meiner Überlegungen einen Vortrag über die letzten Untersuchungsergebnisse der Forensik abgegeben, dem ich mit einem halben Ohr gelauscht hatte. Viel Erhellendes war jedoch nicht dabei herausgekommen. Die Untersuchungen seien abgeschlossen, so Vogel. Zu neuen Erkenntnissen sei man jedoch nicht gelangt. So seien vor allem an den Seilen, mit denen das Opfer gefesselt war, keine fremden DNA-Rückstände feststellbar. Nur die des Opfers. Die Spuren im Flur waren definitiv vom Abrieb der Schuhsohlen Scholls, sodass es jetzt immerhin gesichert sei, dass er nicht erst im Bad niedergeschlagen wurde, wenn überhaupt.

Anfangen konnten wir mit dieser Information aber momentan herzlich wenig. Abschließend hatte der Forensiker noch erwähnt, dass eine toxikologische Untersuchung der Rotweinreste in dem Glas negativ ausgefallen war. Die zum Wein passende Flasche war in der Wohnung ebenfalls nicht gefunden worden. »Eventuell kann ich aber jetzt etwas zu den Nylonschnüren sagen, mit denen der Tote gefesselt war«, ergänzte Vogel seine Ausführungen noch um ein nicht unwesentliches Detail. »Die Schuhe, die Scholl an den Füßen hatte, als man ihn in der Wanne fand, waren nämlich ohne Schnürsenkel, es kann also gut sein, dass er die Seile als solche genutzt hatte. Das ist gar nicht mal ungewöhnlich, von der Länge käme es jedenfalls hin!«

»Danke, Jürgen«, entließ der Chef ihn und hielt anschließend ein Dokument hoch. »Ich habe hier den endgültigen Bericht der Rechtsmedizin. Die Druckstellen an Scholls Nasenflügeln stammen tatsächlich von einer Wäscheklammer. Balensiefen gibt dafür eine Wahrscheinlichkeit von fünfundneunzig Prozent an. Rückstände von Betäubungsmitteln konnten nicht nachgewiesen werden. Also insgesamt keine großen Neuigkeiten.«

Nun wandte er sich Tobi und mir zu: »Denise? Tobias?«, forderte er uns knapp zur Abgabe unseres Ermittlungsberichts auf. Mit einem kurzen Seitenblick gab ich meinem Partner zu verstehen, er solle mir das Reden überlassen, was er mit einem angedeuteten Kopfnicken bestätigte. Ich gab einen umfassenden Bericht über die Besuche bei Klausen und Münch ab und erwähnte auch den Verlag, bei dem Scholl unter Vertrag stand. Die drei Bücher, die der Verlagschef uns mitgab, lagen vor mir auf dem Tisch.

»Ich hatte mich schon darüber gewundert«, gab Donner mit einem bezeichnenden Blick auf den Bücherstapel zu. »Und was habt ihr jetzt damit vor?«

»Ich denke, wir nehmen sie mit ins Wochenende«, warf Tobias schnell ein. »Ich glaube zwar nicht, dass da viel drin steht, aber überprüfen müssen wir es zumindest. Ganz auszuschließen ist es ja nicht, dass Scholl das Opfer eines Racheaktes wurde. Wobei wir aber eher glauben, dass das verschwundene aktuelle Manuskript diesbezüglich wesentlich interessanter sein dürfte!«

»Okay. Wir müssen demnach weiterhin versuchen, dieses Manuskript, so es denn existiert, in die Hände zu bekommen. Und ihr glaubt wirklich, dass die Klausen und ihre Freundin da irgendwie mit drin hängen?«, zweifelte Donner und richtete seinen Blick auf die Oberkommissare Theisen und Frohn, die in gewohnt gelangweilter Pose am Tisch saßen. »Ihr habt das Alibi doch überprüft, oder etwa nicht?«, vergewisserte er sich.

»Das mit dem Kino war nicht überprüfbar«, übernahm es Rolf Theisen, uns ins Bild zu setzen. »Sowas kann ja auch jeder behaupten. Und wer erinnert sich schon an jeden einzelnen Besucher! Außerdem war die besagte Vorstellung ausverkauft, sagte uns der Mann an der Kinokasse. Der Italiener, bei dem die Damen vorher gewesen sein wollen, hatte ebenfalls die Bude voll an dem Abend. Eine Reservierung auf den Namen Münch oder Klausen gab es aber nicht. Wir haben somit lediglich die Aussage der Frau Münch, dass sie den Abend mit ihrer Freundin verbrachte.«

»Was ihr sicher verifiziert habt?«

»Äh ... bisher nicht, Chef«, stotterte Frohn herum. »Da sind wir noch dran.«

»Denise und Tobias werden das übernehmen«, beschloss Donner mit einem Augenrollen. »Ich werde auf jeden Fall versuchen, den Beschluss für die DNA-Probe von Eveline Klausen beim zuständigen Richter zu erwirken. Hoffentlich reichen die von euch vorgebrachten Argumente aus. Und ihr zwei«, ging seine nächste Anordnung wieder an die Oberkommissare, »kümmert euch um diese Selfpublisher-Provider, mit denen Scholl möglicherweise zu tun hatte. Die notwendigen Beschlüsse liegen seit heute vor. Und damit euch nicht langweilig wird, habe ich hier noch die Einzelverbindungsnachweise vom Festnetzanschluss des Mordopfers. Die könnt ihr euch dann anschließend vornehmen!«

* * *

Später am Abend

Ich pflanzte meinen Hintern auf die gemütliche Couch in meinem Wohnzimmer. Caruso, mein Kater, lag schnurrend neben mir. Der Schlingel lebte seit ungefähr zwei Jahren bei mir, ich hatte ihn eines Tages beim Nachhausekommen in einem erbarmungswürdigen Zustand und halb verhungert auf der Straße aufgelesen. Er mochte jetzt etwas über drei Jahre zählen, genau wusste ich es natürlich nicht. Caruso hatte ich ihn wegen seiner kräftigen Stimme genannt.

Es war ein langer Tag, an dessen Ende wir aber immer noch keinen Schritt weitergekommen waren. Nicht einmal ein Motiv für den Mord an Scholl war bislang erkennbar! Von einem möglichen Täter ganz zu schweigen.

Immerhin lag aber mit dem heutigen Freitag ebenfalls meine erste Woche beim Kommissariat 1 in Siegburg hinter mir. Und damit auch eine ganze Woche mit meinem neuen Partner Tobias Heller. Zeit, ein erstes Resümee zu ziehen: Entgegen meiner ersten Einschätzung kam ich mit ihm mittlerweile ganz gut zurecht. Er war eben etwas eigen, aber ein guter Kriminalist. Und das war letzten Endes das Wichtigste. An seine brummige Art würde ich mich gewöhnen können.

Den dicken Wälzer, eines der Bücher, die uns Gruber überlassen hatte, hatte ich auf dem Tisch abgelegt. Ich seufzte. Das waren über vierhundert Seiten, die ich zu lesen hatte; ich glaubte aber nicht, dass da etwas Brauchbares drin stand. Entschlossen griff ich mir das Teil mit dem Titel *Das Kartell*. Den anderen, *Geheimakte Vatikan*, hatte Tobias mit nach Hause genommen.

Nach über drei Stunden schreckte ich hoch. Mir waren doch tatsächlich die Augen zugefallen. Neben mir zeugten leise Schnarchtöne davon, dass meine Katze sich im Tiefschlaf befand.

Ich legte das Buch aufgeschlagen auf dem Tisch ab und beschloss, es dem Tier gleichzutun und mich schlafen zu legen. Wie erwartet, waren auf den ersten hundertfünfzig Seiten, die ich im Schnelldurchgang überflogen hatte, keine Sensationen zu verzeichnen gewesen. Alles halbgarer Mist und somit verlorene Zeit. Ob es Tobias besser ergangen war?

Am Montag würde ich es erfahren, sicher hatte ich bis dahin mein Buch auch durch. Für morgen nahm ich mir ganz fest vor, das längst fällige und immer wieder verschobene Gespräch mit meinen Eltern zu führen. Ich hatte nämlich vor, hier auszuziehen und mir eine Bleibe in der Nähe meiner neuen Arbeitsstätte zu suchen.

Aber wie sollte ich das meiner Mutter beibringen? Die emotionale Bindung zwischen uns war sehr stark, was daran liegen mochte, dass ich als Kleinkind von ihnen adoptiert worden war. Meine Herkunft konnte niemals geklärt werden, man fand mich im Alter von drei Jahren weinend auf der Straße, meine leiblichen Eltern wurden nie gefunden.

Ich wusste aber jetzt schon, wie das morgige Gespräch ausgehen würde: Mutter würde meinen Entschluss stumm und mit dem gleichen Gesichtsausdruck zur Kenntnis nehmen, mit dem sie damals meine Entscheidung, zur Polizei zu gehen, quittierte: einerseits ein wenig missbilligend, mir gleichzeitig aber das Gefühl vermittelnd, meinen Willen zu respektieren. Ich seufzte erneut tief. Es musste sein.

Vor ein paar Jahren veröffentlichte ein amerikanischer Internetanbieter eine Liste von über 20 Millionen Suchbegriffen, die von ihren Nutzern im Zeitraum von einigen Monaten in diversen Suchmaschinen eingegeben worden waren. Ziel war es, das Verhalten der Internetnutzer zu analysieren.

Es sind nämlich nicht immer nur die üblichen Verdächtigen, die Unfug mit den Daten ihrer Mitglieder treiben. Wussten Sie, dass alles, was in den verschiedenen Eingabemasken im Internet eingegeben wird, todsicher ebenfalls bei Ihrem Provider in diversen Logs landet? Im Falle des genannten US-Konzerns enthielten die veröffentlichten Daten allerdings zahlreiche persönliche Informationen, die ohne weiteres konkreten Nutzern zugeordnet werden konnten! Von wegen, alles bleibt anonym.

Eine Sammelklage, die unmittelbar darauf gegen den Konzern eingereicht wurde, wird derzeit immer noch an kalifornischen Gerichtshöfen verhandelt. Es geht dabei, vollkommen unamerikanisch, um Schadenersatzforderungen von umgerechnet 3.500 Euro pro Person. Allerdings: Bei 20 Millionen Klägern läppert sich das ganz schön zusammen.

(Helmut Scholl, unveröffentlichtes Manuskript)

SECHS

DENISE

Montag, 12. Oktober, 8:30 Uhr

»Guten Morgen!« Frustriert warf ich das Buch in einem hohen Bogen auf meinen Schreibtisch und ließ mich auf meinen Stuhl fallen. Tobias, der schon an seinem Arbeitsplatz saß, als ich das Büro betrat, hatte mit seinem Exemplar wohl ebenso wenig Glück gehabt, wie es schien. Jedenfalls kommentierte er meinen Gefühlsausbruch stumm mit einem wissenden Gesichtsausdruck. Er verzog dabei das Gesicht auf eine Weise, die mich beinahe zum Lachen brachte. ›Fehlanzeige auf der ganzen Linie‹, sollte das bedeuten. Und er hatte recht, das hätten wir uns wirklich sparen können!

»Auch keinen Erfolg mit deiner Lektüre gehabt?«, schob er hinterher, als ich nicht reagierte. »Vielleicht hätten wir doch das mit den Aliens nehmen sollen. Andererseits - bei dem Schwachsinn, den der in seinen Büchern absondert, würde es mich wirklich nicht wundern, wenn den einer seiner Leser auf dem Gewissen hat!«

»Ha, ha!« Wir kamen hier einfach nicht weiter. Nirgends war der Beginn einer Spur zu sehen, der man hätte nachgehen können. Die wirren Verschwörungstheorien des Herrn Scholl gingen ohnehin kaum in die Tiefe. Und wer glaubte schon an den Mist, dass es seit Jahrzehnten weltweite Wettermanipulationen gab, ausgelöst von Chemikalien, die von Flugzeugen in die Luft abgelassen wurden? Phrasen wie ›*bis in höchste Kreise*‹ und ›*weltweite Verschwörungen*‹ brachten uns nicht weiter, und auf konkrete Namensnennungen hatte der Kerl wohlweislich verzichtet.

Und damit hatte ich das Wochenende vergeudet. Zudem hatte ich es wieder nicht geschafft, mit meinen Eltern über meine Umzugspläne zu reden. Dabei wurde es langsam wirklich Zeit, da ich mir genau genommen schon eine schicke kleine Wohnung ausgesucht hatte. Zwei Zimmer in ruhiger Lage und gar nicht weit von hier.

Ein mir nur allzu bekanntes Röcheln aus der Zimmerecke ließ mich herumfahren: Tatsächlich liefen gerade die letzten Tropfen Wasser durch den Filter der Kaffeemaschine. »Du bist ein Schatz!«, entfuhr es mir unwillkürlich, weil ja nur Tobias dafür verantwortlich sein konnte.

»Reiner Selbstschutz«, grinste er mich an, und widmete sich wieder seinem Bericht, den er zu schreiben begonnen hatte. Langsam durchschaute ich ihn. Seine brummige Art war vermutlich tatsächlich so eine Art Selbstschutz, auch wenn seine Bemerkung vorhin eher auf meine morgendliche Grantigkeit gemünzt war. Unwillkürlich stahl sich ein Lächeln auf meine Lippen.

»Und wie gehen wir jetzt weiter vor?«, erkundigte ich mich zwei Minuten und ebenso viele Schlucke aus meiner Kaffeetasse später. Das hatte ich jetzt dringend gebraucht.

»Als Erstes trinkst du in Ruhe deinen Kaffee«, erwiderte Tobias. »Dann zur Sicherheit noch einen. Und dann ...« Er griff zu einem Dokument auf einem seiner Stapel und hielt es theatralisch hoch. »... dann fahren wir zu der Klausen und machen einen Abstrich!«

»Du hast den richterlichen Beschluss schon?« Ich war von den Socken.

»Gleich heute Morgen vom Chef persönlich überbracht«, bestätigte er. »Du müsstest ihm auf dem Flur eigentlich noch begegnet sein.«

Das war ich. Daher der zufriedene Ausdruck auf Donners Gesicht. Einfach war es bestimmt nicht gewesen, an den Beschluss zu gelangen. Diesem jungen Staatsanwalt René Stein eilte der Ruf voraus, sich hin und wieder etwas renitent zu verhalten, wenn er die Notwendigkeit eines richterlichen Beschlusses nicht einsah. Dabei lag es eigentlich gar nicht in seiner Macht, darüber zu entscheiden, das war Sache des Richters.

Ich trank schnell meinen Kaffee aus. »Worauf warten wir dann noch?« Ich sprang auf und schnallte mir meine Waffe um. »Nichts wie los!« Die zweite Tasse musste dann eben bis später warten. Dafür würden wir aber bald wissen, ob an unserem Verdacht gegen Eveline Klausen etwas dran war, und das war letztendlich die Hauptsache.

* * *

Dieses Mal erbleichte Eveline Klausen, als sie uns die Tür öffnete und registrierte, wer ihr da schon wieder einen Besuch abstattete. Der Schreck war ihr bei unserem Anblick sofort in die Glieder gefahren, das war unübersehbar, obwohl sie versuchte, es zu überspielen. Wahrscheinlich wusste sie aus diversen Krimiserien im Fernsehen, dass etwas im Busch ist, wenn Polizeibeamte öfter als einmal erscheinen. Und hier war es ja, den Auftritt der Kollegen Frohn und Theisen mitgerechnet, Besuch Nummer drei! Hatte da jemand etwa ein schlechtes Gewissen?

Tobias zeigte ihr den richterlichen Beschluss, der uns berechtigte, eine DNA-Probe von ihr zu verlangen, noch bevor sie den Mund aufmachen konnte. Entgeistert starrte sie auf das Dokument und trat dann stumm beiseite. Wir traten ein.

Frau Klausen sah übernächtigt aus, sie hatte dunkle Ringe unter den Augen, die sie nicht vollständig hatte wegschminken können. Ob sie eine schlaflose Nacht hinter sich hatte? Ihre Bewegungen wirkten zudem fahrig und unkonzentriert, als sie sich zu uns an den Küchentisch setzte. »Was wollen Sie denn jetzt wieder?«, hauchte sie kraftlos. Es klang jedoch ganz und gar nicht so, als sei ihr der Grund für unser erneutes Auftauchen komplett unbekannt.

»Frau Klausen«, eröffnete Tobias ihr ernst, »wir haben Grund zu der Annahme, dass Sie uns bezüglich Ihres Alibis für die Zeit, die unsere Rechtsmedizin für den Todeszeitpunkt Ihres Mannes ermittelte, belogen haben. Ich muss Sie daher jetzt bitten, mir eine Speichelprobe zu geben.«

»Das ... das möchte ich aber jetzt gar nicht ...«, protestierte die Frau zaghaft, und blickte wie hypnotisiert auf das Röhrchen mit dem sterilen Wattestäbchen, das mein Partner aus der Tasche zog. Dann schaute sie mich an. Beinahe tat sie mir leid. Aber nur beinahe.

»Sie sind zur Abgabe einer Speichelprobe verpflichtet, Frau Klausen«, belehrte ich sie. »Der richterliche Beschluss, den Kommissar Heller Ihnen zeigte, berechtigt uns dazu. Machen Sie bitte keine Schwierigkeiten!«

Eveline Klausen sackte förmlich in sich zusammen. Doch dann ging ein Ruck durch ihren Körper und sie richtete sich entschlossen auf. »Sie haben recht«, sagte sie mit fester Stimme. »Ich war am Montag in der Wohnung meines geschiedenen Mannes. Aber ich habe ihn nicht getötet!«

Tobias warf mir einen triumphierenden Blick zu. ›Also doch!‹, drückte er damit aus. Er holte nun das Wattestäbchen aus dem Röhrchen. »Die Probe müssen wir aber auf jeden Fall nehmen«, erklärte er der wie versteinert vor ihm sitzenden Frau. »Machen Sie bitte den Mund auf.«

Während mein Partner mit dem Abstrich beschäftigt war, ließ ich mir alle bekannten Fakten noch einmal durch den Kopf gehen. Etwas stimmte an der Sache ganz gewaltig nicht! Okay, sie gab zu, an dem Abend dort gewesen zu sein. Der DNA-Vergleich würde das dann ja hoffentlich bestätigen.

Die Forensik hatte aber keinen genauen Zeitrahmen für die Benutzung des Weinglases nennen können. Das konnte ebenso gut Stunden vorher gewesen sein.

Und gesehen hatte die Frau Klausen niemand von den Hausbewohnern. Gut, das musste ja nichts heißen. Wer jedoch in der Nähe des Tatortes gesehen wurde, war eine Frau, deren Beschreibung auf ihre Freundin zutraf. Und *die* war definitiv zur Tatzeit im Haus gewesen! Ob die Frauen zusammengearbeitet hatten? Aber wo war das Tatmotiv? Und dann, ebenfalls nicht unerheblich: Wenn die Damen gemeinsam dort waren, wie kam es, dass Gabriele Münch, so sie es denn tatsächlich war, ohne ihre Freundin dort gesehen wurde?

Die Konsequenz aus diesen Überlegungen war klar: »Ich muss Sie bitten, uns zur weiteren Klärung der Angelegenheit ins Kommissariat zu begleiten«, informierte ich die Verdächtige nach einem abstimmenden Blick mit Tobias. Ein stummes Kopfnicken von ihm genügte mir als Zustimmung für mein Vorgehen. Frau Klausen nahm ihre Festnahme ergeben zur Kenntnis, indem sie die Augen niederschlug.

»Wissen Sie, ob Ihre Freundin Gabriele Münch momentan zu Hause ist?«, übernahm Tobias wieder die Befragung, nachdem er das Wattestäbchen sicher verstaut hatte. »Wir müssen in der Angelegenheit mit ihr ebenfalls dringend sprechen!«

»Sie müsste jetzt daheim sein«, bekam er nach einigen Sekunden zur Antwort. Es klang müde. Resigniert.

Tobias sah wieder zu mir herüber und nickte mit dem Kopf. Ich wusste, was er von mir wollte und griff zu meinem Mobiltelefon. Die Nummer der Polizeiwache war in den Kontakten gespeichert. »Könnt ihr bitte sofort einen Wagen zu folgender Adresse schicken?«, forderte ich den Kollegen am anderen Ende auf, nachdem ich ihm Name und Dienstgrad genannt hatte. Ich gab dem Mann die Adresse von Gabriele Münch durch. »Es muss unbedingt verhindert werden, dass Frau Münch das Haus verlässt! Wir werden in etwa einer halben Stunde ebenfalls dort sein. Wir sehen uns dann vor Ort.«

Nachdem Tobias ihr die für eine Festnahme vorgeschriebenen Handschellen verpasst hatte, machten wir uns mit Frau Klausen im Schlepptau auf den Weg. Wenn alles gut ging, konnten wir noch vor der heutigen Fallbesprechung mit gleich zwei des Mordes an Helmut Scholl verdächtigen Personen aufwarten. Ob wir ihnen die Tat aber letztendlich auch nachweisen konnten, stand auf einem anderen Blatt.

* * *

TOBIAS

Wir hatten es gerade mal so eben rechtzeitig zur Fallbesprechung geschafft. Es blieben zwar nur wenige Minuten, uns mental auf die Konfrontation mit Donner und den Kollegen bezüglich unserer Vorgehensweise heute Vormittag vorzubereiten, aber es reichte. Viel war dazu ohnehin nicht zu sagen, die Fakten sprachen unserer Ansicht nach für sich. Die Damen waren bis zu ihrer Vernehmung in Arrestzellen untergebracht, was Eveline Klausen still leidend und Gabriele Münch unter gemäßigtem Protest über sich ergehen ließ.

Ihrer Festnahme hatte sie sich jedoch, ebenso wie ihre Freundin, nicht widersetzt. Wir hatten vor, die Verhöre gleich im Anschluss an diese Besprechung durchzuführen. Nach einem Rechtsbeistand hatten die Frauen bislang ebenfalls nicht verlangt. Da hinreichender Tatverdacht vorlag, konnten wir sie achtundvierzig Stunden ohne Haftbefehl festhalten.

Was uns nach wie vor Bauchschmerzen bereitete, war das Tatmotiv. Wir konnten nämlich beim besten Willen keines erkennen. Letztlich hatte Klausen aber zugegeben, am Tatabend in der Wohnung Scholls gewesen zu sein. Und die Münch war etwas später ebenfalls dort gesehen worden. Oder zumindest eine Frau, die aussah wie diese. Aber wer hätte es sonst gewesen sein sollen?

»Bevor wir zu euren heutigen Festnahmen kommen«, eröffnete der Kommissariatsleiter die Besprechung mit Blick zu mir und Denise, »geben uns Rolf und Werner einen Überblick über ihre Ermittlungsergebnisse. Bitte«, nickte er in Richtung der Genannten. Rolf Theisen und Werner Frohn hatten Ergebnisse? Ich war gespannt.

Oberkommissar Rolf Theisen übernahm als der Dienstältere den Part, uns ihre gewonnenen Erkenntnisse darzubringen. Dem Umfang der

Unterlagen gemäß, die er zur Unterstützung seines Vortrages vor sich auf dem Tisch liegen hatte, schien es nicht eben wenig zu sein, was die zwei herausgefunden hatten.

»Kommen wir als erstes zu der Untersuchung der Verlage für die Veröffentlichung von eBooks, deren Homepages von der Forensik im Verlauf von Scholls Rechner gefunden wurden«, begann Theisen mit der für ihn typischen schleppenden Sprechweise. »Werner und ich haben die infrage kommenden Verlage in den vergangenen Tagen alle abtelefoniert, ein entsprechendes Konto war jedoch bis auf eine Ausnahme bei keinem der Kandidaten vorhanden. Möglich, dass Scholl dort nur mal Erkundigungen einholen wollte.«

»Aber bei einem der Verlage hattet ihr Erfolg?«, wollte der Chef wissen, weil Theisen an dieser Stelle eine Pause einlegte.

»Ja, hatten wir«, übernahm Frohn jetzt. »Und die haben uns eine komplette Liste der Veröffentlichungen, die Helmut Scholl bei denen unter verschiedenen Pseudonymen tätigte, zukommen lassen. Sind nicht wenige! Und zwar handelt es sich um billige Machwerke aus den gängigen Genres. Krimis, Erotik, Western … der Kerl scheint alles mitgenommen zu haben, was einen schnellen Profit brachte. Viel verdient hat er damit aber nicht. Laut den Abrechnungen, die wir ebenfalls erhielten, bekam Scholl von denen alles in allem monatlich im Durchschnitt so um die Tausend Euro überwiesen. Wir haben uns daraufhin sein Bankkonto einmal genauer angesehen.«

Denise neben mir verzog anerkennend das Gesicht, sie schien beeindruckt. Mir ging es aber ebenso, kannte ich die zwei doch schon eine ganze Weile länger. Für ihre Begriffe hatten sie sich ordentlich ins Zeug gelegt. Diese Energie, mit der sie hier vorgegangen waren, war auf jeden Fall äußerst ungewöhnlich. Was ein paar warme Worte des Chefs doch alles bewirken konnten! Mein Interesse jedenfalls hatten sie geweckt.

Theisen legte das Blatt, von dem er abgelesen hatte, zur Seite und nahm ein anderes zur Hand. »Ich habe hier die Kontobewegungen seines Giro-Kontos der letzten zwei Jahre«, erläuterte er. »Ob Scholl zusätzlich ein Konto bei einer anderen Bank hatte, haben wir noch nicht überprüft. Dieses hier ist jedenfalls in jeder Hinsicht mehr als langweilig. Bis auf eine Ausnahme, aber dazu komme ich später. Neben den üblichen Abbuchungen für Miete, Wohnnebenkosten, Barabhebungen und so weiter, gab es neben den erwähnten Tantiemen unregelmäßige Überweisungen durch den Verlag, für den er schrieb. Dabei handelt es sich jedoch immer nur um ein paar hundert Euro. Insgesamt schrammt das Konto die meiste Zeit so eben mal an der Minus-Grenze vorbei.«

»Die Auflagen seiner Bücher waren nicht so berauschend«, warf Denise ein. »Da wundert es mich nicht, dass da nicht großartig was bei herumkam. Ich frage mich allen Ernstes, wovon der gelebt hat.«

»Und damit kommen wir schon zu der Ausnahme auf Scholls Konto!«, gab Theisen aufgeräumt zurück. Er schien, ungewöhnlich genug, bester Laune zu sein. »Eigentlich sind es sogar zwei. Einmal am 16. Februar 2009. Da gingen exakt 20.235 Euro ein. Dann, einige Monate später, am 21. Juli, waren es 19.875 Euro.«

»Tantiemen?«, vermutete ich. »Damit kann man schon ein paar Monate über die Runden kommen.«

»Eher nicht. Die Einzahlungen kamen von Western Union, das sieht mir nicht gerade nach legalen Einkünften aus«, meinte Werner Frohn dazu.

»Western Union?«, wiederholte Denise überrascht und legte nachdenklich die Stirn in Falten. »Sagte Dreyer neulich nicht etwas von Zugangsdaten zu einem Online-Casino auf Scholls Computer? Tätigen die nicht für gewöhnlich ihre Geld-Transaktionen auf diese Weise?«

Das stimmte, Dreyer hatte sowas erwähnt. »Das könnte sein«, stimmte ich ihr zu. »In der Regel ist es so, dass man mit sogenannten Bitcoins sein Konto bei denen auffüllt. Gewinne zahlen die dann meist über Western Union aus.«

»Bitcoins? Also UKash oder etwas in der Art«, zeigte Denise sich informiert. »Das sieht mir irgendwie nach Geldwäsche aus.«

»Entweder das, oder der Kerl hat unverschämtes Glück beim Spiel gehabt. Und das gleich zweimal hintereinander!«

»Schade, das werden wir so schnell sicher nicht herauskriegen«, bedauerte Donner. »Diese Internet-Casinos sind doch alle mehr oder weniger illegal.

Wir sollten es aber im Auge behalten, es könnte uns zum Täter führen. Einer von euch kann sich mit den Zugangsdaten ja mal dort anmelden und sich etwas umschauen«, sinnierte der Chef.

»Das ist eine hervorragende Idee«, bekundete Werner Frohn vorlaut und räusperte sich anschließend verlegen. »Wir haben uns aber auch schon die Einzelverbindungsnachweise von Scholls Festnetzanschluss vorgenommen.«

»Und?«

»Nichts von Belang. Alle paar Tage rief er wohl bei seinem Verlag an, die Gespräche dauerten aber nie länger als ein oder zwei Minuten. Hat vielleicht nach einem Vorschuss gefragt, so klamm wie der immer war. Es gab aber kurz vor seinem Tod einen Anruf von seiner geschiedenen Frau. Das war ...« Frohn suchte auf seiner Liste nach dem entsprechenden Eintrag. »... am Sonntag, dem 4. Oktober, um 18:36 Uhr. Das Gespräch dauerte ungefähr zehn Minuten.«

»Am Tag vor dem Mord, das ist ja interessant! Wo wir gerade davon sprechen«, sprach Donner Denise und mich an. »Kommen wir dann jetzt zu euch!«

Ich wusste natürlich, was er wissen wollte. Und wir waren vorbereitet. Im Wechsel berichteten Denise und ich über die Gründe, die zur Festnahme der Frauen geführt hatten, diese Vorgehensweise hatten wir vorher so abgesprochen. Vornehmlich ging es uns darum, Einigkeit zu demonstrieren.

»Da beide Frauen einen Bezug zum Opfer haben und zur Tatzeit anwesend waren, beziehungsweise dort gesehen wurden, erschien eine sofortige Festnahme unbedingt erforderlich!«, schloss ich unsere kurze Stellungnahme ab. »Zu groß wäre die Gefahr einer Absprache zwischen den beiden gewesen!«

Der Chef hatte unseren Worten konzentriert, und ohne uns zu unterbrechen, gelauscht. »Ich schlage vor, ihr vernehmt die Damen gleichzeitig!«, bestimmte er dann übergangslos. »Und weil ich will, dass die Beamten, die in dieser Sache ermittelt haben, auch die Befragungen durchführen, teilt ihr euch auf. Denise wird mit Werner zusammenarbeiten, und du, Tobias, mit Rolf.«

Er sah uns der Reihe nach streng an dabei. »Die Fragen werden aber von den Kommissaren gestellt, damit das klar ist! Nehmt euch genügend Zeit für die Vorbereitung. Und weil wir hier lediglich ein Vernehmungszimmer haben, wird das andere Verhör nebenan im Kommissariat 2 durchgeführt, ich habe mit deren Leiter schon alles Notwendige besprochen.«

Der alte Fuchs hatte schon alles in die Wege geleitet! Damit war klar, dass er im Grunde voll hinter unserer Aktion stand, er wollte nur unsere Stellungnahme dazu hören. Aber etwas anderes bereitete mir mit einem Mal heftige Bauchschmerzen: Melanie! Wenn ich meine Vernehmung im KK 2 durchführte, war es nahezu unvermeidlich, ihr dort über den Weg zu laufen. Hilflos schaute ich meine Partnerin an.

»Ich werde dann mit Werner Frau Klausen im KK 2 vernehmen«, schlug Denise vor und lächelte mich dabei wissend an. Mir fiel ein Stein vom Herzen, dafür hatte sie auf jeden Fall etwas gut bei mir!

* * *

Oberkommissar Theisen gab sich ungewohnt entspannt, als ich mit ihm die Fakten noch einmal durchging und die Verhörstrategie besprach. Denise saß jetzt mit Frohn in dessen Büro zusammen und tat das gleiche. Eine hervorragende Vorbereitung und eine ausgeklügelte Strategie sind das Wichtigste bei einer polizeilichen Vernehmung.

Ich war von Theisens Verhalten angenehm überrascht. Derart viel Einsicht hatte ich nach allem, was ich mit ihm und Frohn schon erlebt hatte, nicht erwartet. Möglich, dass Donner ihnen noch einmal im stillen Kämmerlein ordentlich den Kopf gewaschen hatte. Der neue Chef führte eben ein strenges, wenn auch gerechtes Regiment.

Von seinem Vorgänger Bachmann waren sie das nicht gewohnt, der hatte uns alle schalten und walten lassen, wie es uns beliebte. Was die Herren Oberkommissare nun aber vor allem begreifen mussten, war die Tatsache, dass ihr höherer Dienstgrad sie *nicht* zu unseren Vorgesetzten machte. Immerhin hatten sie mich aber vorhin schwer beeindruckt. Was die da vorgetragen hatten, war das Ergebnis erstklassiger Ermittlungsarbeit!

Nachdem die wesentlichen Dinge zwischen uns geklärt waren, begaben wir uns in den Vernehmungsraum, in dem Gabriele Münch ungeduldig wartete, bewacht von einer jungen Polizistin.

* * *

DENISE

Bei unserem Eintreten traf uns ein forschender Blick von Eveline Klausen, sie wirkte jetzt wesentlich gefasster als zum Zeitpunkt ihrer Festnahme. Ob sie tatsächlich etwas mit dem Tod des Helmut Scholl zu tun hatte? Aber dann wären wir bezüglich eines möglichen Zusammenhanges mit dessen Publikationen ganz gewaltig auf dem Holzweg! Jedenfalls hatte sie am Tag vor der Tat mit ihm telefoniert. Ich war gespannt auf ihre Erklärung für den Anruf.

Wir setzten uns ihr gegenüber an den Vernehmungstisch. Oberkommissar Frohn war ihr durch den ersten Besuch der Kollegen bekannt, weswegen sich eine Vorstellung erübrigte. Ich kam also direkt zur Sache, nachdem ich mich vom ordnungsgemäßen Betrieb der Aufnahmegeräte überzeugt und die obligatorische Belehrung bezüglich der Zulässigkeit elektronischer Aufzeichnungen abgegeben hatte.

»Frau Klausen!«, wurde ich daher gleich konkret. »Sie sagten heute Vormittag, Sie seien am Tag der Ermordung Ihres geschiedenen Ehemannes Helmut Scholl in dessen Wohnung gewesen. Bleiben Sie dabei?«

Es war mir vollkommen klar, dass das Ergebnis der DNA-Analyse frühestens Mittwoch vorliegen würde. Und dann war es immer noch fraglich, ob die Frau überhaupt entsprechende Spuren hinterlassen hatte. An diesem Weinglas wäre dies wahrscheinlich noch am ehesten der Fall.

»Ja«, antwortete Eveline Klausen, ohne zu zögern. Ich hatte nichts anderes erwartet. »Ja, ich war dort, Frau Kommissarin!«

»Und wie lange? Erinnern Sie sich noch daran, wann Sie dort ankamen, und wann Sie die Wohnung wieder verließen? Es ist äußerst wichtig, denken Sie in Ruhe nach!« Wir hatten Frau Klausen bei keinem unserer Besuche eine Tatzeit genannt, ich war daher gespannt auf ihre Antwort.

»Das weiß ich noch sehr genau. Meine Freundin Gabriele Münch hatte mich kurz nach 20:00 Uhr vor dem Haus abgesetzt. Ich selbst habe ja kein Fahrzeug.« Die Worte kamen schnell und selbstsicher, es schien, dass Frau Klausen beschlossen hatte, endlich reinen Tisch zu machen.

Ihre Freundin hatte sie also begleitet. Das war ja höchst interessant! »Hat Ihre Freundin das Haus ebenfalls betreten? War sie mit Ihnen in der Wohnung?«, wollte ich wissen, obwohl die Zeiten, die von den Zeugen Zinke und Steiner bezüglich der Frau im Treppenhaus genannt wurden, viel später angesiedelt waren. Trotzdem wartete ich ungeduldig auf die Antwort. Aber zunächst sah Frau Klausen mich nur stumm an. Musste sie über die Antwort erst nachdenken?

***

TOBIAS

»Weshalb haben Sie uns belogen, was Ihr Zusammensein mit Eveline Klausen am Montag, dem 5. Oktober abends angeht, Frau Münch?«, ging ich gleich zu Beginn der Vernehmung auf Konfrontationskurs. »Ihre Freundin hat mittlerweile zugegeben, an dem bewussten Abend in der Wohnung ihres Ex-Mannes gewesen zu sein!«

Gabriele Münch machte einen sehr gefassten und selbstbewussten Eindruck auf mich. Ich hatte noch keine rechte Gelegenheit gehabt, sie mir genauer anzusehen, aber wie sie nun vor uns saß, entsprach sie ziemlich genau dem Bild, das ich mir nach Olaf Zinkes Beschreibung von der Frau im Treppenhaus gemacht hatte.

»Eveline, also Frau Klausen, rief mich an. Gleich nachdem zwei Ihrer Kollegen bei ihr gewesen waren, um ihr zu sagen, dass ihr Ex zwei Tage zuvor ermordet worden sei«, gab sie eine Erklärung ab, wobei sie Theisen und mich einer eingehenden Musterung unterzog. »Man wollte von ihr wissen, was sie zur Tatzeit gemacht hatte, und da fiel ihr nichts Besseres ein, als zu behaupten, sie sei den ganzen Abend mit mir zusammen gewesen. Sie flehte mich regelrecht an, das der Polizei zu bestätigen.«

Ich warf meinem Kollegen einen kritischen Seitenblick zu. Statt zuerst für den besagten Zeitraum ein Alibi zu erfragen und dann erst mit den Einzelheiten herauszurücken, hatten er und sein Partner es genau umgekehrt gemacht und der Frau so geradezu eine Antwort in den Mund gelegt. Ich hatte mir das aber so ähnlich gedacht. Theisen hob lediglich gleichmütig die Schultern, offenbar war ihm sein Fehler bewusst. Oder es war ihm egal.

»Und das kam ihnen nicht merkwürdig vor?«, erkundigte ich mich bei Frau Münch.

»Eveline ist meine Freundin. Sie wird wohl ihre Gründe gehabt haben«, gab sie gelassen zurück.

»Und wo waren *Sie* am 5. Oktober in der Zeit zwischen 22:00 Uhr und Mitternacht, Frau Münch?«, schoss ich meine nächste Frage ab, mit der sie wohl nicht gerechnet hatte, denn sie wurde übergangslos sehr blass um die Nase. »Sie wurden von Zeugen gesehen, wie sie das Haus betraten«, behauptete ich dreist, um sie aus der Reserve zu locken. Diese Frau war eine echte Herausforderung!

* * *

DENISE

»Nein, Frau Kommissarin«, bekam ich endlich eine Antwort. »Meine Freundin ist gleich wieder gefahren. Ich bin dann alleine nach oben gegangen. Wir hatten aber ausgemacht, dass sie mich gegen 22:00 Uhr wieder abholen sollte.«

Da war sie wieder, die Zeitangabe. 22:00 Uhr! Ich tat, als müsse ich in meinen Unterlagen nachschauen. Ein beliebtes Mittel, die Aufmerksamkeit eines Befragten auf die nächste Frage zu lenken. »Sie haben am Tag zuvor bei Herrn Scholl angerufen. Worum ging es in dem Gespräch?«

»Ich hatte Helmut um ein Treffen gebeten. Ich wollte etwas mit ihm bereden.« Eveline Klausen sah mich dabei offen an, sie schien die Wahrheit zu sagen.

»Das Gespräch dauerte zehn Minuten. Ist das für eine einfache Terminabsprache nicht ungewöhnlich lange?«, provozierte ich sie dennoch.

Frau Klausen seufzte leise. »Helmut wollte sich zunächst nicht mit mir treffen. Erst nach einer längeren Diskussion lenkte er schließlich ein. Wir haben dann den Termin für Montag festgemacht.«

»Und worum ging es dabei? Was genau wollten Sie von Helmut Scholl? Sie sagten doch, Sie hätten seit Ihrer Scheidung vor zehn Jahren keinerlei Kontakt zu ihm gehabt.«

Wieder erklang ein Seufzen. »Ich wollte ihn um etwas mehr Unterhalt bitten. Mit den paar Euro, die er mir zahlt, komme ich einfach nicht über die Runden. Und außerdem war er mit den Zahlungen im Verzug. Ich habe ihm sogar eine Flasche von seinem Wein, den er so gerne trank, mitgebracht. Aber er ließ sich nicht erweichen. Er sagte, er habe selbst nicht genug zum Leben. Zum Schluss gab es wieder einen heftigen Streit!«

Jetzt wurde es interessant. War der Streit eskaliert und Frau Klausen schlug ihrem Ex-Mann die Weinflasche an den Kopf? Es wäre immerhin eine

Möglichkeit. »Kam es zu Handgreiflichkeiten?«, fragte ich sie daher.

»Wo denken Sie hin!«, entrüstete sie sich. »Ich habe selbstverständlich schnellstmöglich die Wohnung dieses unmöglichen Menschen verlassen. Die noch halbvolle Flasche habe ich mitgenommen. Er hatte den Wein nicht verdient!«

Das würde erklären, warum die KTU die zu dem Wein passende Flasche nicht fand. »Wie spät war es, als Sie gingen?«

»Das weiß ich nicht genau. Aber ich denke, es wird so gegen 21:30 Uhr gewesen sein. Ist das denn wichtig?«

»Und dann kam Ihre Freundin, um Sie abzuholen?«, ließ ich ihre Frage unbeantwortet. »Kam Sie denn dieses Mal in die Wohnung?« Irgendeinen Grund für die Anwesenheit dieser blonden Frau im Treppenhaus musste es ja schließlich geben. Jedoch war das laut Frau Steiner um 22:15 Uhr.

»Nein, Frau Kommissarin. In meiner Wut und Enttäuschung hatte ich daran gar nicht mehr gedacht. Ich bin mit dem Bus gefahren.«

* * *

TOBIAS

»Sie hatten sich etwas verspätet und kamen gegen 22:15 Uhr in der Friesenstraße 5 an. Ist das so korrekt, Frau Münch?«, wiederholte ich für das Protokoll das von Gabriele Münch ausgesagte.

»Das sagte ich. Als ich jedoch an der Wohnungstür im Dachgeschoss klingelte, machte mir niemand auf.«

»Wie kamen Sie überhaupt in das Haus?«

»Die Haustür war nicht verschlossen, ich konnte daher ungehindert hinein.«, erklärte sie mir geduldig. Das stimmte, ich hatte den Umstand, dass sich die Haustür ohne weiteres aufdrücken ließ, bei einem unserer Besuche bemerkt.

»Okay. Es machte also niemand auf. Fanden Sie das nicht befremdlich? Sie mussten doch davon ausgehen, dass Ihre Freundin noch bei Herrn Scholl in der Wohnung war. Immerhin hatten Sie diese Uhrzeit ja ausgemacht.«

»Natürlich machte ich mir Gedanken, zumal ich Stimmen zu vernehmen glaubte. Jedenfalls sprach jemand, ein Mann. Ich nahm an, es handelte sich um Herrn Scholl, ich kannte ihn ja nicht näher.«

»Konnten Sie verstehen, worüber gesprochen wurde?«

»Nein, aber ich hatte auch nicht sonderlich darauf geachtet. Es klang irgendwie zornig, aufgeregt. Und es war auch nur diese eine Stimme zu vernehmen.«

Ich machte mir im Geiste eine Notiz. Hörte Frau Münch hier möglicherweise den Mörder Scholls? »Und was machten Sie dann?«, kam ich zum Thema zurück.

»Ich rief auf dem Handy meiner Freundin an. Es ging aber nur die Sprachbox dran. Ich bin dann wieder abgezogen.«

Jetzt wurde es kompliziert. Zinke hatte die Frau, die nach meinem Dafürhalten mit Gabriele Münch identisch sein musste, eine Stunde später das Haus verlassen sehen. Was hatte sie in dieser Zeit gemacht? Ich sprach sie auf diesen Umstand an.

»Als ich meine Freundin zu Hause ebenfalls nicht antraf, machte ich mir Sorgen und bin ein weiteres Mal zu Scholl gefahren«, erklärte sie mir, ohne zu zögern. »Das mag tatsächlich so gegen 23:00 Uhr gewesen sein. Dieses Mal war alles ruhig in der Wohnung. Und aufgemacht hat auch wieder niemand. Ich bin dann nach Hause gefahren, Eveline rief aber später noch an. Es sei alles in Ordnung, sagte sie.«

Bisher konnte ich keine Unstimmigkeit in den Angaben der Frau entdecken. »Sagen Sie, Frau Münch«, wechselte ich scheinbar das Thema. »Sie haben sehr schöne lange Haare, sind die echt?«

»Sie meinen, ob ich eine Perücke trage?« Münch lachte auf und zog einmal kräftig an ihrem Haar. »Genügt das als Antwort?«

Also keine Perücke. Somit bekam ihre Aussage durch das nachweisliche Fehlen ihrer Haare am Tatort einiges an Gewicht. Hätte sie sich stundenlang in den Räumen aufgehalten, hätte die KTU etwas finden müssen.

* * *

DENISE

Ich war geneigt, der Frau ihre Geschichte abzukaufen. Alles, was sie sagte, war schlüssig und stimmte mit den ermittelten Fakten überein. Befremdlich war allenfalls das Fehlen ihrer Fingerabdrücke in der Wohnung. Sollte sie jedoch außer dem Weinglas nichts angefasst haben, war auch das erklärbar, die Abdrücke waren möglicherweise verwischt worden. Oder sie wurden von Scholls Abdrücken überdeckt, als er das Glas in die Spülmaschine räumte.

Ich war gespannt auf das Ergebnis von Tobias' Vernehmung. Sollten die Aussagen der beiden Frauen zusammenpassen, würden wir auf jeden Fall meine Kandidatin wieder nach Hause schicken müssen. Ich glaubte nämlich nicht, dass aufgrund der wenigen Indizien irgendjemand einen Haftbefehl gegen Eveline Klausen ausstellen würde.

»Eine letzte Frage habe ich noch. Wissen Sie, ob Ihr Mann eine Vorliebe für Online-Gewinnspiele hatte?« Gerade noch rechtzeitig fiel mir der Casino-Account auf Scholls Computer ein.

Klausen überlegte kurz und schüttelte dann entschieden den Kopf. »Ich sagte Ihnen ja bereits, dass Helmut mit diesem ›neumodischen Kram‹, wie er es nannte, nicht viel am Hut hatte. Nein, das kann ich mir beim besten Willen nicht vorstellen!«

»Anderthalb Stunden sind eine recht lange Zeit«, kam ich noch einmal auf den Besuch Montagabend zurück. »Da redet man doch sicher über das eine oder andere. Hat Herr Scholl mit Ihnen über seine Arbeit geredet? Wissen Sie, woran er gerade schrieb?«

»Nein, da machte er immer ein großes Geheimnis draus. Aber ich hatte den Eindruck, es lief gerade nicht besonders. Jedenfalls deutete er sowas an. Es kann aber auch sein, dass er das nur sagte, weil er sich um die Unterhaltszahlungen drücken wollte.«

»Nun gut, ich lasse Sie dann jetzt zurück in Ihre Zelle bringen, Frau Klausen«, informierte ich sie und gab der Polizistin, die der Vernehmung stumm gefolgt war, einen Wink. »Ich habe momentan keine weiteren Fragen. Sobald mein Kollege mit der Vernehmung Ihrer Freundin fertig ist, entscheiden wir, was weiter mit Ihnen geschieht.«

»Ich kann nicht nach Hause?« Frau Klausen klang enttäuscht. »Aber ich habe Helmut nicht ... vielleicht war es ja der Mann, der mir auf der Treppe entgegenkam, als ich nach unten ging!«

Ich begann damit, meine Unterlagen einzupacken. Bei den letzten Worten der Frau hielt ich wie elektrisiert inne und hob die Hand, um der uniformierten Kollegin Einhalt zu gebieten, die Frau Klausen soeben abführen wollte. »Sie haben einen fremden Mann gesehen, als Sie das Haus verließen?«, wiederholte ich entgeistert. »Warum sagen Sie das erst jetzt?«

»Es tut mir leid, Frau Kommissarin. Ehrlich! Es ist mir gerade erst wieder eingefallen!«

»Können Sie den Mann beschreiben?«, entfuhr es mir. Wenn man die Uhrzeit berücksichtigte, war es mehr als wahrscheinlich, dass Eveline Klausen dort auf der Treppe dem Mörder ihres geschiedenen Mannes begegnet war!

Es wird Ihnen nicht entgangen sein, dass dieses Jahr ein Jahr der Wahlen war: Bundestag, Bundespräsident und Europaparlament wurden 2009 ebenso neu gewählt wie Landtage und Gemeinderäte in mehreren Bundesländern. Bis auf den Bundespräsidenten haben wir, also das Volk, es selbst in der Hand, wer in welchem Gremium einen Platz erhält und unser aller Interessen bis zur nächsten Wahl vertritt.

Aber stimmt das denn überhaupt? Oder ist nicht in Wahrheit durch die auch hier verwendeten elektronischen Systeme wie Handys, Wahlmaschinen oder miteinander vernetzte Stimmerfassungsprogramme einem großangelegten Betrug Tür und Tor geöffnet?

So erhalten beispielsweise die speziellen Computerprogramme zur Stimmerfassung zwar ausschließlich registrierte Behörden, Testversionen davon können jedoch VON JEDEM von der Homepage der Hersteller heruntergeladen werden, man muss nur noch den Quellcode dekodieren! Zudem ist es erschreckend, wie viel aus dem Leben unserer gewählten Volksvertreter uns NICHT bekannt ist oder gar mutwillig vertuscht wird. Oder kennen Sie etwa den Lebenslauf des Parlamentariers Ihres Vertrauens lückenlos?

(Helmut Scholl, unveröffentlichtes Manuskript)

SIEBEN

TOBIAS

Dienstag, 13. Oktober, 9:58 Uhr

»Weil die zugegebenermaßen recht dürftigen Verdachtsmomente gegen Eveline Klausen und Gabriele Münch sich nicht aufrechterhalten ließen, wurden beide Frauen noch gestern Nachmittag wieder auf freien Fuß gesetzt«, eröffnete Hauptkommissar Donner die heutige Fallbesprechung mit einer hinreichend bekannten Information. »Zudem war ein Abgleich der Fingerabdrücke beider Frauen mit den am Tatort Sichergestellten ebenfalls negativ.«

»Wir hatten keine andere Wahl, als sie festzunehmen, Chef!«, meinte ich, mich und Denise rechtfertigen zu müssen, da ich einen leichten Vorwurf zu vernehmen glaubte.

»Das weiß ich«, beschwichtigte Donner mich sofort. »Aber was hat uns die ganze Aktion gebracht? Nichts!«

»Da bin ich aber anderer Ansicht«, ließ sich Denise vernehmen. »Wir haben einiges erfahren, das uns weiterbringen könnte!«

»Ach ja?«

»Ja. Wir wissen jetzt, dass sich der Mörder gegen 22:00 Uhr, als Gabriele Münch das erste Mal ihre Freundin abholen wollte, in der Wohnung aufgehalten haben muss. Frau Münch sagte, sie habe jemanden laut reden gehört. Sie glaubte, es sei Scholl gewesen, aber es kann auch jemand anderes gewesen sein! Als sie eine Stunde später noch einmal vor der Tür stand, war aber alles ruhig und niemand öffnete auf ihr Klingeln. Wir wissen von Olaf Zinke, dass dies kurz nach 23:00 Uhr gewesen ist. Ich gehe daher davon aus, dass der Täter zu diesem Zeitpunkt bereits fort war, was sich ja auch mit den Angaben der Rechtsmedizin deckt.«

»Nicht zu vergessen der Mann, dem Frau Klausen auf der Treppe begegnete, als diese die Wohnung verließ«, kam ich Denise zu Hilfe. »Da dies ihren Angaben zufolge gegen 21:30 Uhr war, könnte es sich dabei durchaus um unseren Täter gehandelt haben!«

»Okay, das ist alles richtig. Es hilft uns momentan nur nicht viel weiter. Versucht aber weiterhin, alles dazu herauszufinden, was möglich ist. Der Kerl kann sich ja nicht in das Treppenhaus gebeamt haben. Irgendwer muss ihn einfach gesehen haben!«

»Klar, Chef. Und zwar war das auf jeden Fall die Klausen! Sie hat sich übrigens bereit erklärt, uns bei einer Phantomzeichnung behilflich zu sein. Ich habe sie für heute Nachmittag bei unserer Zeichnerin vorgemerkt«, meldete sich Malowski wieder zu Wort. »Mit einem Bild haben wir auf jeden Fall etwas zum Herumzeigen!«

»Gut, macht das. Und was gibt es bei euch zu berichten?«, erkundigte sich Donner bei Werner Frohn und Rolf Theisen, die noch mit diversen Auswertungen betraut waren.

»Da wäre die Sache mit diesem Online-Casino«, begann Frohn mit seinem Bericht. »Wir haben bei ›Diebstahl und Betrug‹ nachgefragt. Kommissarin Heller meinte, das wäre bei Kleinkriminellen eine beliebte Vorgehensweise für Geldwäsche in nicht allzu großem Umfang.« Ausgerechnet meine Verflossene musste der Kerl beim KK 2 kontaktieren!

»Und wie funktioniert das genau?«, wollte Donner wissen.

»Das ist ziemlich einfach. Man zahlt einen Betrag auf ein UKash-Konto ein. Kann auch jemand anderes machen. Das geht anonym und kann an jeder Tankstelle gemacht werden. Alles, was man braucht, ist der Zugangscode, den man bei der Einzahlung erhält. Diesen gibt man beispielsweise bei einem dieser Online-Casinos als Zahlungsmethode an. Bitcoins nennt man das. Dann verspielt man ein paar Euro und lässt sich den Kontostand dann per Western-Union aufs Konto zahlen. Die Gebühren sind zwar horrend, aber danach hat man Geld, dessen Herkunft nicht mehr nachzuweisen ist!«

»Dazu würde auch passen, dass Scholl den Account bei diesem Casino erst vor ein paar Monaten eingerichtet hat, und zwar am 21. Januar. Nur wenige Tage, bevor die erste Zahlung von etwas über 20.000 Euro auf seinem Konto einging!«, ergänzte Theisen.

»Das sieht mir ganz nach einer kleinen Erpressung aus!«, überlegte Denise. »Oder was meint ihr dazu?«

Donner sah meine Partnerin grübelnd an. »Damit könntest du verdammt recht haben, Denise!«, meinte er. »Ob Scholl im Rahmen seiner Recherchen zu seinem neuen Buch auf eine ›Goldader‹ gestoßen ist? Wir müssen unbedingt dieses Manuskript in die Finger bekommen. Ich wette, da steht der Name seines Mörders drin!«

»Falls es denn eines gibt, Chef«, meinte Denise. »Seine Ex gab ja bei ihrer Vernehmung an, Scholl habe darüber geklagt, es ginge ihm finanziell momentan etwas schlecht. Möglich, dass er eine Schreibblockade hatte. Aber wenn nicht, hat der Täter, sofern es sich tatsächlich um eine Erpressung handelt, ein vorhandenes Manuskript garantiert mitgehen lassen. Das sehen wir nie wieder!«

»Es sei denn, er hat es noch in seinem Besitz!«

»Ja, aber wenn wir ihn haben, brauchen wir das Manuskript ja nicht mehr«, erwiderte Denise vorlaut. »Aber immerhin hätten wir hier ein erstklassiges Mordmotiv, was ja bei Eveline Klausen beim besten Willen nicht erkennbar ist. Halten wir die Fakten fest: Helmut Scholl erhält eine Zahlung von gut Zwanzigtausend Euro auf sein Konto. Ein knappes halbes Jahr danach noch einmal eine ähnliche Summe. Die krummen Zahlen sind sicher durch die hohen Gebühren von Western Union zu erklären. Außerdem muss man in der Regel eine Weile spielen, bevor die einem das Geld auszahlen. Für mich stellt sich das so dar, dass es einen dritten Erpressungsversuch gab, der Betreffende aber keine Lust verspürte, noch einmal zu zahlen. Er drang in Scholls Wohnung ein und tötete ihn!«

»Das bedeutet aber, dass der Täter wusste, wo er Scholl finden würde«, warf Theisen ein. »Er kannte ihn demnach.«

»Nicht zwangsläufig«, ergriff ich das Wort. »Scholl machte vielleicht einen Fehler, der den Täter auf seine Spur brachte. Und genau diesen Fehler müssen wir in Erfahrung bringen, dann haben wir garantiert auch unseren Mörder!«

»Gut mitgedacht, Tobias«, erhielt ich ein Lob vom Chef. »Dann macht ihr euch am besten gleich an die Arbeit!«

* * *

DENISE

»Nein, nein!«, widersprach Eveline Klausen der Zeichnerin. »Die Haare trug er etwas länger und mit so einer Art Welle vorn in der Stirn, wenn Sie wissen, was ich meine.«

Alexandra Stein warf ihre pechschwarze Mähne mit einem gekonnten Schwung zurück und verschob mit der Computermaus den entsprechenden Teil in dem von ihr abfällig ›Gesichter-Baukasten‹ genannten Computerprogramm. Ich mochte die kleine, drahtige Kollegin, die sich normalerweise durch nichts aus der Ruhe bringen ließ, obschon ihr die unübersehbaren südländischen Wurzeln ein manchmal etwas überschäumendes Temperament in die Wiege gelegt hatten.

Alexandra Stein, nicht verwandt oder verschwägert mit Staatsanwalt René Stein, hatte Kunst studiert und danach eine Festanstellung bei der Kripo als Polizeizeichnerin gefunden. Ich bewunderte immer wieder ihr Talent, mit wenigen Strichen ein nahezu lebensechtes Porträt erstellen zu können. Ich kannte niemanden, der mit dem Stift schneller war als sie.

»Ja, so ist es gut«, war Klausen endlich mit diesem Teil zufrieden. »Aber die Nase war mehr gerade, und nicht ganz so groß ... gut. Die Augen lagen aber tiefer in den Höhlen und etwas weiter auseinander ... ja, genau so!«

Ich wusste nicht, was mir mehr Respekt abnötigte: Die offensichtlich perfekte Beobachtungsgabe der Zeugin, die mir die gestrige Festnahme im Übrigen nicht krummzunehmen schien, oder die Seelenruhe, mit der Alex, wie sie von den meisten Kollegen gerufen wurde, deren Angaben umsetzte.

Schließlich, es mochte insgesamt eine gute Stunde gedauert haben, druckte sie das Ergebnis aus und reichte mir stumm das Blatt mit dem Konterfei des mutmaßlichen Täters. Es war überstanden.

»Ich weiß nicht so recht«, meinte Eveline Klausen zu mir, während ich noch in der Betrachtung der Zeichnung versunken war. »Irgendwie kommt das Gesicht mir bekannt vor!«

Ich horchte auf. »Sie wissen, wer das ist?«

»Nein, nein! Aber irgendwie sieht der einem ähnlich, den ich schon einmal gesehen habe. Tut mir leid, aber mehr kann ich da nicht zu sagen, vielleicht irre ich mich ja auch.«

* * *

Als ich freudestrahlend mit dem Phantombild in der Hand in unser Büro zurückkehrte, legte Tobias gerade den Telefonhörer aus der Hand. Das heißt, eigentlich knallte er diesen förmlich auf die Ablage des Telefonapparates. Ich konnte mir denken, was ihn bewegte. Sein verschrecktes Gesicht, als Donner gestern anordnete, einer von uns solle den Vernehmungsraum im KK 2 benutzen, war mir immer noch gegenwärtig. Auch sein dankbares, jedoch etwas gequältes Lächeln, als ich kurz entschlossen diesen Part übernahm, um ihn nicht in Verlegenheit zu bringen. Offenbar hatte es in meiner Abwesenheit eine heftige Auseinandersetzung mit seiner Frau Melanie gegeben.

Schnell fasste ich einen Entschluss. Polizisten, die in einem Mordfall zusammenarbeiten, müssen sich jederzeit blind aufeinander verlassen können. Einen vor Kummer gebeutelten Tobias Heller konnte ich im jetzigen Stadium der Ermittlungen auf gar keinen Fall gebrauchen. Ich beschloss, ihn darauf anzusprechen. »Tobias?«, begann ich vorsichtig. Was ich genau sagen wollte, war mir noch nicht so ganz klar, ich würde improvisieren müssen. Überrascht, wie mir schien, hob er den Kopf und sah mich mit großen Augen an.

TOBIAS

Denise kam ins Büro zurück und wedelte voller Begeisterung mit einem Computerausdruck in der Luft, als ich mein Telefonat gerade beendet hatte. Das Blatt in ihrer Hand war garantiert das Phantombild, das sie unter Mithilfe Eveline Klausens in der vergangenen Stunde von unserer Zeichnerin hatte erstellen lassen.

Indessen war ich momentan nicht so recht in der Lage, mich mit ihr über diesen Erfolg zu freuen. Ich hatte erst vor wenigen Augenblicken eine wenig erfreuliche Auseinandersetzung mit Melanie, die mir am Telefon eröffnete, die Scheidung eingereicht zu haben. Nun, das war zu erwarten gewesen, aber dennoch ging es mir nahe.

Denise hingegen blieb mit einem Mal stocksteif stehen, ich konnte beinahe sehen, wie es hinter ihrer Stirn arbeitete. »Tobias?«, sprach sie mich nach einer Weile leise und etwas unsicher, wie mir schien, an. Diesen Tonfall kannte ich an ihr noch nicht. Ich horchte auf. Immer, wenn sie mich mit meinem korrekten Vornamen ansprach, ging es um etwas Ernstes. Wenn sie sogar Vor- *und* Nachname verwendete, war nahezu Gefahr im Verzuge, soweit kannte ich sie mittlerweile.

»Hmm«, machte ich nur, weil mir momentan nicht zum Reden zumute war. Was sie wohl haben mochte?

Denise druckste aber zunächst herum, was sonst nicht ihre Art war. Immer geradeheraus, hieß ihre Devise. »Ich hab das von dir und deiner Frau gehört«, rückte sie endlich mit der Sprache heraus. »Und ich denke, ich weiß jetzt auch den Grund für deine unfreundliche Begrüßung an meinem ersten Tag. Magst du darüber reden?« Sie sah mich ungewohnt ernst an. Es schien ihr tatsächlich wichtig zu sein.

»Nein, will ich nicht!«, entfuhr es mir schroffer, als ich beabsichtigt hatte. Ich sah ihre Gesichtszüge entgleisen. »Sorry«, fügte ich daher in einem versöhnlichen Ton hinzu. »War nicht so gemeint!«

»Geht klar«, meinte sie nach einer kleinen Weile. »Aber wenn du deine Meinung änderst: Ich bin eine gute Zuhörerin!«

Das bezweifelte ich nicht. Aber was hätte ich ihr sagen sollen? Dass Mel und ich zu jung waren und eine Ehe eingingen, bevor wir Freunde wurden? Dass unsere Dienstzeiten es nicht gestatteten, uns mehr als ein paar Stunden in der Woche zu sehen, und die dann meist in Streitereien endeten? Ich wusste ja selbst nicht, wie es weitergehen sollte. Aber sie hatte recht: Hier und jetzt war Professionalität gefragt. In Anbetracht der Lage mussten wir unsere Kräfte bündeln und zielgerichtet einsetzen. Und das hieß vor allem, sich auf den Fall zu konzentrieren, und nichts anderes. Dies war es nämlich, was sie mir eigentlich hatte sagen wollen.

»Was sagte unsere Zeugin denn nun über den großen Unbekannten, den Sie zur fraglichen Zeit dort im Treppenhaus von Scholls Wohnung gesehen haben will?«, wechselte ich schnell das Thema, bevor es peinlich wurde. Und natürlich, um Denise zu zeigen, dass ich wieder ganz bei der Sache war.

Sie reichte mir die Zeichnung. »Ich für meinen Teil glaube ihr. Sie meinte, den Mann irgendwoher zu kennen«, erklärte sie mir und nahm endlich ihren Platz am Schreibtisch ein. »Sie konnte jedoch nichts Konkretes dazu sagen. Um die vierzig Jahre soll er sein, dunkelhaarig und von kräftiger Statur. Ungefähr einsachtzig groß. Er machte einen gepflegten Eindruck und trug einen Anzug, vielleicht Beamter oder etwas in der Art, meinte sie.«

Ich warf einen Blick auf das Bild. »Sieht keinem ähnlich, den ich kenne.«

»Das wäre auch höchst unwahrscheinlich, außer es handelt sich um einen Prominenten. Aber mir kommt da ein anderer Gedanke ...«, überlegte Denise laut vor sich hin. »Es könnte sich doch um jemanden handeln, den Scholl kannte. Es könnte theoretisch sogar ein Kollege sein. Denk doch nur an die Theorie mit der Erpressung! Und wenn es sich so verhält, kennt den ja vielleicht auch ...«

»... Gruber!«, beendete ich begeistert den Satz für sie. Sie nickte nur bestätigend, ein weiterer Beweis dafür, dass wir uns in der Denkweise sehr ähnlich waren. Ich hatte angebissen. Vergessen war mit einem Schlag jegliches persönliche Ungemach, endlich gab es wieder etwas zu tun. »Das ist ein guter Gedanke, Denise! Wir werden dem Chef von *Penrose* wohl noch einmal einen Besuch abstatten müssen!«

Wer glaubt, er habe bezüglich Spionage nichts zu befürchten, nur weil er keinen Computer besitzt, irrt sich gewaltig. Heutzutage ist es doch eher die Ausnahme, nicht vernetzt zu sein. Da bestellen Kühlschränke die zur Neige gegangene Milch selbsttätig nach, und Toaster sagen das Wetter voraus. Ja, selbst unsere geliebten Autos werden mittlerweile vollständig durch Software gesteuert.

Mit zugegeben absolut nützlichen Gimmicks wie Einparkhilfe und Kollisionsalarm kaufen wir uns jedoch ebenso eine nahezu vollständige Kontrolle durch die Automobilindustrie ein. Treibstoffverbrauch, Leistung und Abgaswerte werden doch längst nicht mehr durch Ventile und Schrauben reguliert.

Sie wollen 50 oder 100 PS mehr Leistung? Kein Problem dank eines kostenpflichtigen Softwareupdates! Ebenso werden Abgaswert und Schadstoffausstoß über eine Schnittstelle per Computer ausgelesen, es hält doch heute niemand mehr einen Messfühler in den Auspuff! Es wird garantiert nicht mehr lange dauern, bis die KFZ-Hersteller auf den Trichter kommen, dass man ja auch FALSCHE Abgaswerte ausgeben könnte ... Hauptsache, der Diesel verkauft sich gut!

(Helmut Scholl, unveröffentlichtes Manuskript)

ACHT

DENISE

Mittwoch, 14. Oktober, 9:30 Uhr

»Sie sind hoffentlich nicht gekommen, um mir die Ermordung eines weiteren meiner Autoren mitzuteilen!« Verlagschef Heinz-Dietrich Gruber machte sich gar nicht erst die Mühe, seinen voluminösen Körper aus dem Chefsessel zu wuchten und gab uns sitzend müde die Hand. Sie war schweißnass. Überhaupt schien übermäßiges Schwitzen eines der hervorstechendsten Eigenschaften Grubers zu sein, denn er hielt, wie schon bei unserem ersten Besuch, ein großes Taschentuch in der linken Hand, mit dem er sich die feuchte Stirn abwischte. »Wenn man mir der Reihe nach Autoren tötet, kann ich den Laden bald dicht machen!«, verkündete er etwas theatralisch und schaute uns leidend an.

Ich war mir nicht so ganz sicher, ob Gruber das tatsächlich ernst meinte oder bloß eine Theatervorstellung gab. Aber nein, die Angst in seinen Augen war echt, anscheinend glaubte er an den Mist, den seine Autoren schrieben. »Wir ermitteln immer noch im Fall Helmut Scholl, Herr Gruber«, beruhigte ich ihn. »Wir haben lediglich noch einige Fragen an Sie.«

Ein tiefer Seufzer entrang sich seiner Brust. »Sie haben seinen Mörder noch nicht dingfest gemacht?«, fragte er dreist. »Was machen Sie eigentlich den ganzen Tag?«

»Das Leben ist kein Kriminalroman!«, beschied ihm Tobias, dem langsam die Geduld ausging. »Im Gegensatz zu den Helden Ihrer Schreiberlinge müssen *wir* knallhart ermitteln und bekommen die Lösung nicht wie durch Zauberhand präsentiert.« Er reichte dem Mann die Phantomzeichnung. »Haben Sie diesen Mann schon einmal gesehen oder kommt er Ihnen sonst irgendwie bekannt vor? Schauen Sie sich das Bild bitte genau an!«, fuhr er Gruber mit erhobener Stimme an, weil dieser das Blatt nach einem kurzen Blick darauf schon wieder achtlos beiseitelegen wollte.

Der aber tat jetzt, statt der Aufforderung Folge zu leisten, etwas, womit keiner von uns gerechnet hatte: Er drehte den Kopf zur Tür und brüllte mit einer Stimme, die garantiert Tote aufwecken konnte: »Kommst du mal rüber, Horst?« Ich verzog wegen der Lautstärke schmerzhaft das Gesicht. »Hier sind zwei Bull... äh ... Polizeibeamte! Da war doch die Tage so ein komischer Vogel hier bei uns, erinnerst du dich?«

Das Gebrüll schien ihn aber erschöpft zu haben, denn er wirkte jetzt wie ein Ballon, aus dem die Luft langsam entwich. Man hätte ja auch das Telefon benutzen können.

Wie durch Zauberhand erschien in diesem Augenblick ein Mann in der Tür, offenbar der Gerufene. »Was brüllst du denn hier herum?«, brummte

Horst missmutig, worauf Gruber ihm nur stumm das Blatt mit der Phantomzeichnung hinhielt. »Aber das ist doch dieser Kerl, der ...«, begann der Mitarbeiter namens Horst, nachdem er einen Blick darauf geworfen hatte, wurde aber sogleich wieder unterbrochen, und zwar durch mich.

»Sie kennen den Mann?«, vergewisserte ich mich und versuchte, Tobias' Gelassenheit zu imitieren, der wieder einmal sein beliebtes Pokerface aufgesetzt hatte. Innerlich war ich jedoch aufgewühlt, entwickelte sich die Angelegenheit doch mit einem Mal in eine Richtung, die in höchstem Maße brisant war. Wer hatte denn ernsthaft damit rechnen können, gleich einen Treffer zu landen? Jetzt fehlte nur noch ein Name zu dem Gesicht! »Lassen Sie uns doch in Ihrem Büro in Ruhe weiter darüber reden, ja?«, schlug ich, mühsam beherrscht, vor.

* * *

Horst Krause war in jeder Hinsicht das genaue Gegenteil seines Chefs. Hemdsärmelig und in legerer Kleidung saß der etwa fünfunddreißigjährige Verlagsmitarbeiter an seinem Schreibtisch und schaute Tobias und mich neugierig an. Sein Büro lag direkt neben dem von Gruber.

»Sie deuteten vorhin an, diesen Mann hier ...« Ich gab Krause zur Sicherheit die Zeichnung noch einmal in die Hand. »Dass Sie diesen Mann kennen. Ist das korrekt?«

»Das ist richtig, Frau Kommissarin«, gab er, ohne zu zögern, zurück. »An den erinnere ich mich noch ganz genau. Benahm sich etwas merkwürdig.« Krause setzte ein schiefes Lächeln auf. »Also, merkwürdiger als die schrägen Vögel, mit denen wir es sonst so zu tun bekommen«, fügte er sarkastisch hinzu.

»Und was wollte er von Ihnen?«, fragte Tobias ihn.

»Ja, wenn ich das so genau wüsste ... Normalerweise haben meine Besucher immer ein Manuskript dabei, oder wenigstens ein Exposé. Ich bin hier für die Betreuung unserer Autoren zuständig, müssen Sie wissen. Das schließt Verhandlungen mit neuen Bewerbern über einen Vertrag mit ein. Aber der hatte gar nichts vorzuweisen. Stattdessen fragte er ganz gezielt nach dem Autor von *Geheimakte Vatikan, Das Kartell* und *Sie sind unter uns - Die Wahrheit über Roswell*.«

»Und was wollte er da genau von Ihnen wissen?«

»Na, den Namen! Herr Scholl schrieb ja seine Bücher unter einem Pseudonym. Wahrscheinlich hatte er Angst vor Repressalien, wenn er seinen richtigen Namen benutzte. Das war garantiert auch der Grund für seine Weigerung, uns ein Foto für den Buchumschlag zur Verfügung zu stellen, wie es sonst allgemein üblich ist.« Krause rollte mit den Augen. »Wenn Sie mich fragen, war die Gefahr diesbezüglich minimal.«

Das mit dem fehlenden Autorenbild war mir auch schon aufgefallen. »Hat der Besucher seinen Namen genannt?«, wollte ich aber nur wissen. Wir brauchten einen Namen, alles andere war momentan zweitrangig.

»Nein, er kam direkt zur Sache. Hat mich auch nicht wirklich interessiert.«

»Was gab er denn für einen Grund für seine Erkundigungen an?«, fragte Tobias. »Ist es nicht ungewöhnlich, dass jemand sich nach Ihren Autoren erkundigt?«

»Eigentlich nicht. Hin und wieder fragt schon mal einer, meistens einer der wenigen Fans. Er sagte, er wäre Journalist und würde an einer Abhandlung über die Themen in den genannten Büchern schreiben, dazu wolle er mit dem Autor direkten Kontakt aufnehmen. Aber wir rücken selbstverständlich nur auf schriftliche Anfrage von Behörden mit den Daten heraus.«

»Dann haben Sie ihm Name und Adresse nicht genannt?«, vergewisserte ich mich vorsorglich.

»Nein, natürlich nicht. Er ist dann wieder abgezogen.«

»Und wann war das?«

»Lassen Sie mich kurz überlegen ... Richtig, das ist jetzt gute vier Wochen her. Mitte September also, an das genaue Datum erinnere ich mich jetzt aber nicht.«

»Das reicht uns schon, haben Sie vielen Dank, Herr Krause!«, beschied ich ihm. Viel war es ja nicht, was wir erfahren hatten, aber immerhin hatten wir einen Bezug zwischen Helmut Scholl und seinem mutmaßlichen Mörder herstellen können.

Da hatte jemand ganz gezielt seine Adresse herausfinden wollen. Und wenn er die nicht hier bei
Penrose genannt bekam, hatte er eine andere Quelle
aufgetan, und die hieß es nun zu finden.

* * *

Es war ein ungewohntes Bild, Tobias am Whiteboard stehen zu sehen. Dem verständnislosen Blick
Donners nach zu urteilen, als mein Partner ihm
kurzerhand den Marker aus der Hand nahm, galt
dies nicht nur für mich.

»Der Besuch bei Scholls Verlag heute Morgen
brachte uns erfreulicherweise ein gutes Stück weiter!«, eröffnete er den wohl vorgesehenen Vortrag.

»Jetzt sag nicht, ihr habt die Identität des Mörders!«, brachte Donner hervor. Theisen und Frohn
saßen wie immer mit unbewegtem Gesicht auf
ihren Plätzen. Ich fragte mich, ob es irgendetwas
gab, das die zwei aus der Ruhe bringen konnte.

»Das zwar nicht«, gab Tobias zu. »Aber die
Zusammenhänge sind um einiges klarer geworden.
Seht her!« Er hob den Marker und fing an, auf der
Tafel herumzukritzeln. »20:00 Uhr. Die Zeit, zu der
Eveline Klausen ihren Ex-Mann besuchte. Sie blieb
bis 21:30 Uhr und verließ die Wohnung nach einem
heftigen Streit.«

Nicht nur ich wunderte mich über seine etwas
ausschweifende Darstellung, wie die nächsten
Worte unseres Kollegen Frohn belegten. »Aber das

ist doch alles längst bekannt!«, ereiferte der sich. »Hältst du uns für blöd?«

»Wartet es ab«, entgegnete Tobias zweideutig. »Als sie ging, begegnete sie auf der Treppe einem Mann, der in die Dachgeschosswohnung wollte.« Langsam dämmerte es mir, worauf er hinaus wollte. »Der Tod trat bei Scholl laut Balensiefen zwischen 22:30 Uhr und 23:30 Uhr ein. Die Wahrheit liegt wahrscheinlich in der Mitte. Um 23:00 Uhr klingelte Gabriele Münch nämlich zum zweiten Mal vergebens an der Wohnungstür. Das erste Mal war sie gegen 22:15 Uhr dort, wie uns die Zeugin Weber bestätigte. Frau Münch gab an, einen Mann sehr laut sprechen gehört zu haben. Sie sprach sogar von einem aufgeregten, zornigen Tonfall. Bei ihrem zweiten Besuch dagegen war alles still.«

»So langsam frage ich mich aber ebenfalls, was das jetzt soll, Tobias«, unterbrach Donner ihn ungehalten. »All das ist doch nun wirklich hinreichend bekannt!«

»Ich will mit den Zeiten verdeutlichen, dass der Besuch des Unbekannten, den Frau Klausen sah, dermaßen exakt in der Tatzeit liegt, dass ein Zufall nahezu ausgeschlossen sein dürfte! Und damit kommen wir zu unserem Besuch bei *Penrose*, dem Verlag bei dem Scholl unter Vertrag war!« Tobias legte jetzt endlich den Stift aus der Hand und nahm wieder den Platz neben mir ein. Hörte ich ein erleichtertes Aufatmen? Aber auch ich war der Meinung, dass er das Ganze leicht übertrieb.

»Ein Mitarbeiter sagte aus, dass ein Mann, den er unzweifelhaft auf dem Phantombild wiedererkannte, vor etwa einem Monat dort erschien und sich nach Scholl erkundigte!«, schoss er jetzt eine brandheiße Information ab, die bislang nur uns beiden bekannt war. Jetzt hatte er endlich die ungeteilte Aufmerksamkeit aller Anwesenden. »Und zwar kannte der Mann, der sich als Journalist ausgab, zwar einige der Bücher von Scholl, nicht jedoch dessen wahren Namen und Anschrift. Die hoffte er nämlich, dort zu erfahren!«

»Okay. Fassen wir zusammen«, übernahm der Chef wieder das Regiment. »Erstens: Mörder und Mordopfer kannten sich nicht persönlich. Zweitens: Unser Mörder hatte Kenntnis von dessen schriftstellerischer Arbeit, bis hin zum Namen des Verlages. Was sagt uns das?«

»Das sagt uns«, brachte ich mich in die Diskussion ein, »dass wir womöglich dem Fehler auf die Spur gekommen sind, den Scholl machte, und der unseren Mörder auf seine Fährte brachte. Er könnte diesem gegenüber unvorsichtig gewesen sein und eins seiner Bücher erwähnt haben. Was wir noch nicht wissen, ist, wie dieser letztendlich doch noch an den Namen und die Adresse seines Opfers gelangte. Außerdem liegt das alles zeitlich deutlich *nach* der letzten Zahlung, falls es sich dabei tatsächlich um erpresstes Geld handelte. Es liegt daher der Verdacht nahe, dass es einen dritten Versuch seitens Scholl gab, der dann zu den bekannten Ereignissen und zu seiner Ermordung führte.«

»In Ordnung. Versucht, das herauszufinden!«
Donner entfaltete ein Blatt Papier, das er in der
Hand hielt. »Bleibt noch zu erwähnen, dass eine
Anfrage beim BKA bezüglich des Täters ohne Ergeb-
nis war. Unser Mann ist entweder nicht vorbestraft
oder das Phantombild zu ungenau für einen
Abgleich.«

»Dagegen spricht aber, dass der Verlagsmitarbeiter ihn sofort wiedererkannte, Chef!«

»Das ist korrekt, Tobias. Es bringt uns aber
momentan nicht so sehr viel weiter. Daher möchte
ich, dass ihr zwei«, sprach Donner jetzt zu Werner
Frohn und Rolf Theisen, »mit dem Phantombild
bewaffnet in der Umgebung der Wohnung des
Mordopfers herumfragt. Ihr dürft den Begriff
›Umgebung‹ gerne etwas großzügiger auslegen.
Und jetzt an die Arbeit mit euch!«

* * *

TOBIAS

Kaum, dass wir wieder an unseren Schreib-
tischen saßen, stützte Denise grüblerisch den Kopf
in die Hände und schien intensiv über etwas nachzudenken. Ich war neugierig, was sie beschäftigte,
sie war aber so weit fort mit ihren Gedanken, dass
sie erst nach dem dritten Mal auf meine entsprechende Frage reagierte.

»Mir ist vorhin etwas aufgefallen, als du in epischer Breite die ganzen Uhrzeiten noch einmal breitgetreten hast«, reagierte sie endlich.

»Hey! Was heißt denn hier ›breitgetreten‹?«, beschwerte ich mich über ihre Wortwahl. »Das war absolut notwendig, schon zum besseren Verständnis der Gesamtlage! Und wenn du dadurch auf etwas aufmerksam wurdest, hat es ja wohl auch bestens funktioniert, oder etwa nicht?«

»Hm, hast recht. Was mir aufgefallen ist: Wer hat eigentlich die Weingläser in die Spülmaschine geräumt?«

»Wieso?« Jetzt stand ich irgendwie auf der Leitung. »Scholl natürlich, wer denn sonst?«

»Ach, und wann hätte er das getan haben sollen? Wenn das alles so passiert ist, wie du es vorhin dargestellt hast, stand der Mörder kaum zwei Minuten, nachdem Eveline Klausen die Wohnung verließ, in eben derselben! Oder glaubst du, er hat seinem Opfer zuerst beim Aufräumen geholfen, bevor er ihn tötete?«

Damit hatte sie recht, dass mir das nicht aufgefallen war! Sollte sich doch alles ganz anders zugetragen haben, als Eveline Klausen es dargestellt hatte? Aber das würde ja bedeuten, dass sie doch irgendwie da mit drin hing und den Kerl im Treppenhaus einfach erfunden hatte. Ich überlegte angestrengt. Nein, nein ... das konnte ja gar nicht sein! Wie sollte denn jemand einen erfundenen Menschen auf einem erfundenen Phantombild wiedererkennen? Ich teilte Denise das Ergebnis meiner Überlegungen mit.

»Klar«, meinte sie, »das passt nicht zusammen. Ist vielleicht doch nicht so wichtig, das mit den Gläsern.«

Ich war jedoch anderer Ansicht. »Ich denke schon, dass wir das klären sollten, Denise«, widersprach ich. »Ich rufe mal die Klausen an, eventuell kann sie dazu ja was sagen.« Schnell wählte ich die Nummer, die ich schon vor Tagen auf meine Schreibtischunterlage gekritzelt hatte. Eveline Klausen nahm nach dem zweiten Klingelton ab.

* * *

Frau Klausen konnte mein kleines Verständnisproblem schnell aufklären. Ihr Ex-Mann habe nach ihrem Streit die Gläser abgeräumt, wohl um ein Zeichen zu setzen, dass der Besuch zu Ende sei, gab sie an. Nur dadurch sei sie selbst auf den Gedanken verfallen, aus purer Bosheit im Gegenzug die angebrochene Flasche Rotwein mitzunehmen.

Dann war das ja geklärt. Es mochte unwichtig erscheinen, in einer Mordermittlung kann jedoch jede noch so winzige Kleinigkeit ein Teil des Gesamtbildes sein. Lose Enden waren mir daher meist höchst unwillkommen.

»Wenn unsere Theorie einigermaßen richtig ist, muss Helmut Scholl irgendwann bis spätestens Mitte September erneut mit seinem späteren Mörder Kontakt aufgenommen haben«, überlegte

Denise. »Als Reaktion darauf erschien dieser dann in seinem Verlag.«

Ich hatte schon während meines Gesprächs mit Frau Klausen bemerkt, dass sie angestrengt über etwas grübelte. Denise gehört zu den Menschen, denen man das ansieht.

»Der von ihm Erpresste hatte beim dritten Mal die Schnauze voll und wollte das Übel an der Wurzel beseitigen«, stimmte ich zu. »Das sehe ich auch so. Es muss kurz vorher eine Kontaktaufnahme seitens des Erpressers stattgefunden haben, das gilt ebenso für die beiden anderen Male. Aber wie hat Scholl das gemacht? Wie hat er diesen Kontakt hergestellt? Wenn wir das herausfänden, wären wir ein gutes Stück weiter!«

»Er wird ihm einen Brief geschickt haben, so machen es doch die meisten.«

Das konnte es nicht sein. »Und womit? Auf seinem Notebook wurde nichts dergleichen gefunden. Bliebe noch der verschwundene USB-Stick oder die berühmten ausgeschnittenen Buchstaben aus einer Zeitung.«

»Scholl besaß keinen Drucker, Tobi«, erinnerte sie mich nachdrücklich. »Schon vergessen?«

»Stimmt. Mist, wir haben nichts, aber auch gar nichts in der Hand, das uns auf die Spur bringen könnte! In den Krimis finden sich immer haufenweise alte Zeitungen im Abfalleimer, aus denen jemand was ausgeschnitten hat. Und was haben wir? Das Einzige, was noch infrage kommt, ist diese Schreibmaschine. Aber wie sagte Dreyer noch so

schön: Eine Schreibmaschine ist eine Schreibmaschine und kein Computer! Dabei wäre eine Kopie
des Erpresserbriefes ... Was hast du denn?«

Denise hatte meinem Monolog mit immer größer werdendem Interesse gelauscht und starrte
mich jetzt mit weit aufgerissenen Augen an.
»Mensch, Tobi! Das ist es. Du bist ein Genie!«, rief
sie aus. Schon sprang sie auf und griff nach ihrer
Dienstwaffe. »Wir müssen auf der Stelle noch einmal in Scholls Wohnung!«, informierte sie mich,
während sie hastig das Holster anlegte.

»Hey, warte doch mal!«, rief ich ihr hinterher,
weil sie schon auf dem Weg zur Tür war. »Was war
noch mal der Grund für meine Genialität?«

»Sage ich dir, wenn wir dort sind!«, hörte ich
noch, dann war meine Partnerin verschwunden.
Dermaßen aufgeregt hatte ich sie noch nicht erlebt.

Bedächtig langte ich nach meiner eigenen Waffe
und der Lederjacke. Sie mochte es ja eilig haben, auf
mich warten musste sie dennoch.

* * *

DENISE

Hoffentlich hatte ich den Mund nicht zu voll
genommen! Hundertprozentig sicher war ich mir
keinesfalls, bestenfalls zu neunzig Prozent.

Ich musste mir aber unbedingt auf der Stelle
Gewissheit verschaffen. Verdammt, warum war
mir das nicht aufgefallen, als wir das erste Mal am

Tatort waren? Erst, als Tobi vorhin davon anfing, ging mir mit einem Mal ein ganzer Kronleuchter auf! Dann wieder kamen mir Zweifel. Konnte es tatsächlich so einfach sein?

Da ich zuerst bei unserem Dienstwagen war, setzte ich mich auch gleich ans Steuer. Meine Geduld wurde aber auf eine harte Probe gestellt, weil Tobias Heller sich offenbar viel Zeit nahm. Nahezu gelassen kam er dann endlich herbeigeschlendert, das übliche Grinsen auf dem Gesicht.

Ich jagte den Audi hart an der Grenze des Erlaubten über die B 8 nach Troisdorf. Tobias, der meine besonnene Fahrweise sonst immer wieder lobend erwähnte, griff des Öfteren verstohlen zum Schloss des Sicherheitsgurtes, um sich davon zu überzeugen, dass er auch wirklich geschlossen war. Das hatte er nun von seiner Trödelei!

Seine Versuche, mich in ein Gespräch zu verwickeln, würgte ich mit der Bemerkung ab, er werde dann ja schon sehen. Allzu sehr aus dem Fenster lehnen wollte ich mich nicht, bevor ich mich mit eigenen Augen von der Richtigkeit meiner Vermutung überzeugt hatte. Außerdem waren wir sowieso fast am Ziel.

* * *

Vor der Wohnung im Dachgeschoss angekommen, atmete ich hörbar auf, als ich das intakte polizeiliche Siegel an der Wohnungstür sah. Tobias sah mich schräg von der Seite an. Hatte er den Felsbrocken, der mir soeben vom Herzen gepoltert war, fallen gehört?

Ich würde es ja nie zugeben, aber auf der ganzen Fahrt hatte mir ein kleines Teufelchen immer wieder zugeflüstert, dass wir zu spät kamen und der Mörder längst vor uns hier gewesen war, um die einzige von uns bislang sträflich vernachlässigte verräterische Spur, die uns zu ihm hätte führen können, zu beseitigen.

Gefolgt von einem ungeduldigen Tobias Heller stürzte ich förmlich ins Schlafzimmer, kaum dass ich die Tür aufgeschlossen hatte. Ich wusste nicht, was ich erwartet hatte, aber mein Herz klopfte heftig in meiner Brust, als ich die Schreibmaschine unversehrt auf dem Schreibtisch stehen sah. Mit einem Blick erkannte ich, dass ich mich bei unserem ersten Besuch nicht getäuscht hatte, was Marke und Modell betraf. Alles gut.

Ich streifte mir Handschuhe über, weil ich nicht davon ausging, dass die SpuSi auch das Innere der Maschine untersucht hatte. Mit einem oft geübten Griff, schließlich hatte ich dasselbe Modell während meiner Schulzeit besessen, entfernte ich die Abdeckung des Gerätes. Ein weiterer Griff, und ich hielt die Kassette mit dem Karbonschreibband in der Hand. Triumphierend hielt ich sie Tobias unter die Nase, der mich jedoch ansah, als zweifele er an meinem Verstand.

»Das, mein Lieber«, hob ich zu einer Erklärung an, »ist sozusagen der Datenspeicher dieser Schreibmaschine. Von wegen, eine Schreibmaschine ist kein Computer! Im Gegensatz zu den früher gebräuchlichen Gewebefarbbändern, die in einer Endlosschleife solange durchgezogen wurden, bis keine Farbe mehr drauf war, besteht das Band in dieser Kassette aus einer dünnen Folie und ist mit Karbonstaub beschichtet. Jede Stelle wird exakt nur einmal benutzt, und man kann danach den getippten Buchstaben auf dem Band erkennen! Sieh selbst.« Tobias verstand auf der Stelle die Konsequenz daraus, das sah ich ihm an, als er die Kassette vorsichtig in die nun ebenfalls behandschuhte Hand nahm.

»Man kann also, wenn man das Band abspult, alles lesen, was damit geschrieben wurde?«, vergewisserte er sich und hielt die Kassette dicht vor seine Augen. »Tatsächlich, da sind Buchstaben drauf«, erkannte er, als er vorsichtig ein Stück der Folie herausgezogen hatte. »Denise, das war ein genialer Einfall! Hoffentlich befindet sich da auch etwas drauf, das uns weiterhilft.«

Das hoffte ich ebenfalls. Endlich hatten wir eine Spur aufgenommen, und wir würden sie ab jetzt konsequent weiterverfolgen. Stumm hielt ich dem Kollegen einen Spurensicherungsbeutel hin. Die schwere Maschine konnte hier stehenbleiben. Wir benötigten nur die Farbbandkassette.

Eine ganz neue Methode, uns alle auszuspionieren - und das weltweit - hat sich in den letzten Jahren still und heimlich etabliert, verehrte Leser: Social Media heißt das Zauberwort, welches es den Großen dieser Welt erlaubt, alle unsere kleinen und großen Geheimnisse mitzulesen, zu sammeln, mittels Datenbanken für den Rest unseres Lebens jederzeit darauf zugreifen zu können, uns in Kategorien einzusortieren und zu katalogisieren.

Aber sind wir denn nicht auch viel zu gerne jederzeit bereit, dem Internet über Twitter, Facebook und Co. unser ganzes Leben anzuvertrauen? Muss es einen denn tatsächlich noch wundern, wenn irgendwann jemand auftaucht, der das finanzielle Potenzial dahinter erkennt und schamlos ausnutzt?

Muss es einen denn nicht stutzig werden lassen, dass solche Leute Milliarden damit verdienen, obwohl es doch augenscheinlich niemanden etwas kostet? Hieß es denn nicht bereits im Altertum ›Ich fürchte die Danaer, auch wenn sie Geschenke bringen‹? Ich frage ja bloß! Trojanische Pferde lauern überall um uns herum. Wir sehen sie nur nicht, machen Sie die Augen auf!

(Helmut Scholl, unveröffentlichtes Manuskript)

Neun

Tobias

Donnerstag, 15. Oktober, 10:00 Uhr

»Denise und Tobias haben gestern noch etwas entdeckt, das unser aller Aufmerksamkeit bislang entgangen war!«, begann Donner die Fallbesprechung. Seine Augen leuchteten geradezu, als er den Anwesenden von unserer Entdeckung berichtete. Wir hatten ihn gestern nach unserer Rückkehr unverzüglich darüber in Kenntnis gesetzt.

Vorher war Denise jedoch mit unserem Fund schnurstracks in die Forensik geeilt und hatte Dreyer triumphierend die Karbonkassette unter die Nase gehalten. Der IT-Spezialist hatte reichlich belämmert aus der Wäsche geschaut, als sie ihn über die Umstände aufklärte, unter denen wir die Kassette fanden. Dann aber hellte sich seine Miene gleich wieder auf, und er rief: »Wenn der Schein trügt!«, was mir und Denise wiederum einige Fragezeichen ins Gesicht zauberte.

Da er anschließend versprach, sich umgehend um die Informationen auf der Kassette zu kümmern, legte ich dieser Äußerung nicht viel Gewicht bei. Ich konnte jedoch deutlich sehen, wie es bei Denise im Oberstübchen arbeitete. Später, nach einigen Minuten Recherche im Internet, klärte sie mich über den Hintergrund zu Dreyers Bemerkung auf: Der Held einer Krimiserie aus den Neunzehnhundertsiebziger Jahren hatte mit Hilfe einer solchen Kassette einen Mordfall gelöst. Das Mordopfer hatte einen Erpresserbrief mit haargenau einer solchen Schreibmaschine verfasst, und so konnte der Täter überführt werden.

Der Titel des Films lautete ›Wenn der Schein trügt‹! Die Parallelen zu unserem eigenen Mordfall waren zwar nicht zu übersehen, es musste sich jedoch um einen Zufall handeln. Wobei wir nun natürlich hofften, mit den auf der Kassette gespeicherten Informationen *unseren* Mord ebenfalls aufklären zu können.

Was ich mich im Nachhinein aber fragte, war, weshalb Dreyer die Schreibmaschine nicht gleich zu Beginn einer eingehenden Untersuchung unterzog, wenn er diesen Film doch gesehen hatte. Aber andererseits war Klaus, als diese Technik modern war, wahrscheinlich gerade eingeschult worden.

Der Chef war während meiner Überlegungen zum Ende seiner Ausführungen gelangt. »Habt ihr schon etwas von den Texten auf der Kassette entziffern können, Jürgen?«, erkundigte er sich jetzt bei dem Forensiker, der heute wieder in Begleitung seines IT-Spezialisten Klaus Dreyer an der Besprechung teilnahm.

»Wir sind sozusagen gerade dabei, den Buchstabensalat auf dem Karbonband in eine lesbare Form zu bringen«, gab Vogel knapp zurück.

»Verstehe. Ihr müsst es Buchstabe für Buchstabe abtippen, habe ich recht? Wie viele Anschläge passen da eigentlich drauf?«

»Das ist schon eine ganze Menge. Das Band in der vorliegenden Kassette ist vierhundertfünfundzwanzig Meter lang. Ich schätze mal, dass da an die hundert Manuskriptseiten drauf passen«, äußerte sich Vogel. »Aber Abschreiben war gestern. Heutzutage muss man lediglich ein Genie beschäftigen, das einem etwas bastelt, was das Abtippen sozusagen automatisch für einen erledigt«, lachte er und schlug Dreyer derart heftig auf die Schulter, dass der erschrocken zusammenfuhr. »Ihr solltet mal die riesige Grabbelkiste unter seinem Tisch sehen ... Die ist randvoll mit allem möglichen elektronischem Kram. Und daraus hat Klaus uns so mal eben nebenbei einen Karbonband-Scanner gebastelt.«

»War gar nicht schwer«, wehrte Dreyer bescheiden ab. »Zwei Spulen, ein Schrittmotor, der das Band immer exakt um einen definierten Bereich weiterbewegt, eine zweckentfremdete Spionkamera und eine Texterkennungssoftware sind alles, was man dafür benötigt.«

»So genau wollte ich das jetzt auch wieder nicht wissen«, lächelte Donner, dem der ganze technische Kram ebenso suspekt war wie mir. »Wann können wir denn mit einem Ergebnis rechnen?«

»Morgen eventuell«, schätzte Klaus. »Ihr müsst wissen, dass auf diesem Band nur die Lettern abgebildet sind! Ohne Leerzeichen, das wäre ja Verschwendung. Meine selbstgebastelte Vorrichtung schafft ungefähr einen Meter pro Minute, ihr könnt euch selbst ausrechnen, wie lange das dauert. Wenn das gesamte Band eingescannt ist, was also den ganzen Tag dauern wird, müssen wir noch einen lesbaren Text daraus machen, indem wir einzelne Worte und Sätze extrahieren. Das besorgt eine Software, die ich extra dafür geschrieben habe. Wenn alles gut geht, lasse ich das über Nacht laufen, sodass ich euch morgen früh hoffentlich die Texte liefern kann.«

»Danke, Klaus. Dann werden wir das wohl oder übel abwarten müssen«, meinte der Chef dazu. »Hoffentlich bringt es uns weiter. Und was habt ihr für uns?«, fragte er die Oberkommissare, die heute einen ungewöhnlich munteren Eindruck machten.

»Kommen wir zunächst zu den Erkenntnissen, die Rolf und ich bei dem Online-Casino erlangten«, begann Frohn gutgelaunt mit seinem Bericht. »Und zwar hatten wir ja bereits Vorgestern erwähnt, wann Scholl das Profil dort einrichtete. Das war, wie gesagt, am 21. Januar dieses Jahres!«

»Stimmt, das war unmittelbar, bevor die erste Einzahlung von etwas mehr als 20.000 Euro auf Scholls Giro-Konto einging!«, erinnerte sich Donner.

»Genau. Das war am 16. Februar. Vorher ist aber ein anderes Datum interessant, und zwar ist das der 8. Februar. Da erfolgte die erste Bitcoin-Transaktion. Bei dem Betrag im Juli verhielt es sich ähnlich, der ging bekanntlich am 21. des Monats ein, die dazugehörige Transaktion beim Casino war am 12. Juli. Interessant dürfte in diesem Zusammenhang sein, auf welche Art die beiden Einzahlungen auf dem Spielerkonto eingingen. Es handelte sich nämlich um jeweils zwanzig ›Päckchen‹ zu je Tausend Euro, und alle am gleichen Tag eingezahlt!«

»Das ist in der Tat interessant! Ein Zusammenhang drängt sich einem somit ja förmlich auf. Oder wie seht ihr das?«, fragte Donner in die Runde und erntete einstimmiges Kopfnicken.

»Gehen wir von einer Erpressung aus, liegt die Planung dazu also vor dem 21. Januar«, überlegte Denise. »Außerdem lässt es den Schluss zu, dass Scholl sich gründlich vorbereitete!«

»Ja, und das Ereignis, das zu dieser Aktion führte, also der Anlass für die Erpressung, liegt somit ebenfalls vor diesem Datum«, fügte ich noch hinzu. »Scholl muss damals diesbezüglich über irgendwas gestolpert sein, womöglich im Rahmen seiner Recherchen zu dem neuen Buch!«

»Wir werden es herausfinden, Tobias!«, gab Donner sich kämpferisch. »Und wie weit seid ihr mit den Befragungen?«, richtete er seine Aufmerksamkeit wieder auf Theisen und Frohn. Die waren ja gestern noch den ganzen Tag mit dem Phantombild unterwegs gewesen.

Diesen Part übernahm Rolf Theisen. Auch er schien heute, seinem Tonfall gemäß, einmal gute Laune zu haben. Seinem Gesicht war indes nichts dergleichen anzusehen. Es wirkte mürrisch wie immer.

»Wir waren gestern im Umfeld der Friesenstraße mit der Zeichnung unterwegs und zeigten diese so ziemlich jedem, der uns über den Weg lief«, begann er aufgeräumt. »Und das waren beileibe nicht wenige. Zudem waren wir in einigen Läden, die es dort gibt, und haben an unzähligen Türen geklingelt. Fehlanzeige auf der ganzen Linie. Es ist immer wieder erschreckend, wie wenig die Menschen so mitbekommen.«

Nach dieser für seine Verhältnisse langen Einleitung schickte er einen auffordernden Blick zu Werner Frohn, mit den Ausführungen fortzufahren. Offenbar war seine Energie verbraucht.

»Es hat sich schließlich als eine gute Idee herausgestellt, die Gegend etwas großzügiger abzugrasen«, übernahm der Kollege sofort und tat dabei so, als sei das sein Verdienst. »Drei oder vier Straßen weiter lief uns nämlich ein Rentner mit einem Hund an der Leine über den Weg. Und weil Hundebesitzer meist viel herumkommen, haben wir dem Mann das Bild ebenfalls gezeigt.«

»Und?«, hakte ich ungeduldig nach, weil Frohn schon wieder eine Pause einlegte. »Kannte er den Mann auf der Zeichnung?« Das lag eigentlich nahe, warum sonst hätte er die Begebenheit erwähnen sollen? Wenn die zwei nur nicht immer so umständlich wären!

Frohn sah mich lange an, bevor er endlich fortfuhr: »Heinrich Bergfelder, so hieß der Mann, gab an, vor etwa zwei Wochen mehrfach ein auffälliges Auto gegenüber dem Wohnhaus Friesenstraße 5 gesehen zu haben. Ein roter Sportwagen. Ein Cabrio, die Marke konnte der Mann uns leider nicht nennen.«

»Und was genau war an dem Auto jetzt so auf-fällig?« Denises Frage lag mir ebenfalls schon auf der Zunge.

»Nun, Bergfelder war aufgefallen, dass der Wagen an mindestens zwei Tagen hintereinander dort stand. Und jedes Mal saß jemand am Steuer und schien die gegenüberliegende Straßenseite intensiv zu beobachten, meinte der Zeuge. Zudem sei trotz des zu dieser Tageszeit recht sonnigen Wetters das Verdeck geschlossen gewesen, daher hatte er sich den Fahrer etwas genauer angeschaut und war sicher, dass es sich dabei um den Mann auf der Phantomzeichnung handelte!«

»Halten wir also fest«, meldete sich Denise zu Wort, nachdem Frohn mit seinem Vortrag offen-kundig fertig war. »Unser Unbekannter, bei dem es sich vermutlich um den Mörder von Helmut Scholl handelt, erkundigte sich vor vier Wochen beim Penrose-Verlag nach der Adresse Scholls, die er jedoch nicht erhielt. Zwei Wochen später wird er von einem Spaziergänger mehrfach vor dem Haus, in dem Scholl wohnte, gesehen. Und wiederum nur wenige Tage danach, am 5. Oktober, wird Scholl in seiner Wohnung getötet!«

»Du hast es auf den Punkt gebracht, Denise«, bestätigte ihr der Chef. »Und in den zwei Wochen muss er Name und Adresse seines Opfers irgendwie herausbekommen haben. Das Nummernschild hat der Zeuge sich wohl nicht notiert?«, vermutete er. Die Frage ging an die Adresse von Theisen und Frohn.

»Er konnte nur sagen, dass es kein auswärtiges Kennzeichen war, Chef«, gab Theisen zurück.

»Der Rhein-Sieg-Kreis ist allerdings nicht gerade klein … Okay, dann müssen wir wohl jetzt auf das Ergebnis der Forensik bezüglich der Kassette warten«, schloss Donner die heutige Fallbesprechung. Etwas anderes blieb uns auch momentan nicht übrig!

* * *

DENISE

»Schade, dass der Zeuge Bergfelder die Automarke nicht nennen konnte!«, meinte Tobias einige Minuten später enttäuscht. »Das wäre ja auch zu einfach gewesen!«

Ich setzte meine Tasse ab. Ich wusste natürlich, was er meinte: »Ja, mit diesen Informationen hätten wir einige Abfragen durchführen können«, gab ich daher zurück. »Farbe und Typ des Fahrzeugs in Verbindung mit der Tatsache, dass es sich höchstwahrscheinlich nicht um ein Allerweltsauto handelt … Wie viele können das im Zulassungsgebiet Siegburg sein? Zehn? Zwanzig? Wir könnten uns zu allen Haltern die Personalausweisfotos kommen lassen und hätten im Handumdrehen den Täter!«

»Leider ist uns diese Vorgehensweise bei einer größeren Anzahl von Personen nicht erlaubt«, erinnerte Tobias mich an Recht und Gesetz.

Er hatte natürlich recht, wenn wir einfach alle im Rhein-Sieg-Kreis zugelassen roten Autos nehmen, und uns die dazugehörenden Halter einschließlich deren Passfotos heraussuchen würden, käme das einer Raster-Fahndung gleich.

Es wäre uns zwar mit den modernen Mitteln der automatischen Gesichtserkennung ohne weiteres möglich, einen Vergleich hunderter oder gar tausender Fotos mit dem Phantombild durchzuführen, es wäre jedoch nach § 89a StPO ohne entsprechende richterliche Verfügung illegal. Diesbezüglich waren uns also die Hände gebunden.

»Was mich viel mehr interessiert«, ließ sich Tobias wieder vernehmen, »ist, wie der Mörder Name und Adresse Scholls herausfand. Du erinnerst dich? Krause sprach von vor etwa vier Wochen, wo der Kerl bei ihm war. Vor zwei Wochen wurde das rote Cabrio in der Friesenstraße gesehen. Und vor exakt zehn Tagen wurde Scholl getötet. Wenn der Mörder ihm zum Beispiel bei der Geldübergabe gefolgt wäre, hätte er sich den Weg zu *Penrose* doch sparen können, oder?«

»Ob er vor dem Verlag gelauert hat, und seinem Opfer dann bis zu ihm nach Hause gefolgt ist? Oder die Geldübergabe hatte noch gar nicht stattgefunden, das erscheint mir nämlich noch am plausibelsten.«

»Aber woher wusste er von dem Verlag, Denise?«

»Ja, das ist das große Rätsel. Davon gewusst hat er aber definitiv. Er war ja dort und fragte nach Scholl. Hast du ja selbst gerade gesagt! Und Krause sagte es schließlich ebenfalls.« Tobias sah mich nur skeptisch an, er war immer noch nicht so recht überzeugt.

Ich dachte einige Sekunden nach und fasste dann einen Entschluss: »Weißt du was? Wir fahren gleich morgen früh nach Bonn und fragen Krause oder Gruber, ob Scholl sich dort hat sehen lassen, *nachdem* der Unbekannte dort vorstellig wurde. Und wenn wir zurück sind, liegt vielleicht schon die Abschrift von dem Karbonband auf unserem Tisch!«

Verehrter Herr!

Die Not zwingt mich leider dazu, Sie ein weiteres Mal aufzufordern, mir mit einer gewissen Summe Bargeld finanziell unter die Arme zu greifen.

Sofern Sie Wert darauf legen - und daran habe ich nicht den geringsten Zweifel - dass Ihre ›kleine Verfehlung‹ weiterhin unter uns bleibt, lassen Sie mir bitte weitere 50.000 Euro auf die bereits bekannte und bewährte Weise zukommen.

Ich gebe Ihnen genügend Zeit, das Geld zu beschaffen. Dieses Mal schreiben Sie bitte die Codes auf die erste Seite des Buches ›Geheimakte Vatikan‹ desselben Autors. Sie bekommen es in jeder Buchhandlung. Legen Sie das Buch exakt am Samstag, dem 10. Oktober, um 22:00 Uhr an der bekannten Stelle ab. Danach entfernen Sie sich bitte unverzüglich. Ich werde mich in der Nähe aufhalten und sehen, ob Sie sich tatsächlich entfernen!

Sollten Sie sich dagegen vor mir verbergen und mir zu folgen versuchen, werde ich mit meinen Kenntnissen unverzüglich an die Öffentlichkeit treten. Es ist Ihre Entscheidung! Denken Sie daran: In meinem Besitz befindet sich ein unwiderlegbarer Beweis für Ihre Tat!

ZEHN

TOBIAS

Freitag, 16. Oktober, 9:25 Uhr

Wir waren schlussendlich doch nicht zum Verlag nach Bonn gefahren. Ich konnte Denise schnell davon überzeugen, dass zur Beantwortung einer dermaßen einfachen Frage auch ein Telefonanruf reichen müsse. Und so war es dann auch.

Horst Krause gab nach kurzem Nachdenken kund, Helmut Scholl sei in der Woche, die auf den Besuch des angeblichen Journalisten folgte, in der Tat dort vorstellig geworden und habe nach einem Vorschuss auf sein neues Buch gefragt. Der Verlag habe ihm dies jedoch nur unter der Voraussetzung zusagen können, dass er wenigsten einen Teil des Manuskriptes einreiche, was Scholl jedoch kategorisch ablehnte.

»Also kann es schon so gewesen sein, dass der Kerl so lange vor dem Verlag herumlungerte, bis Scholl dort auftauchte. Dann ist er ihm nach Hause gefolgt und observierte ihn einige Tage«, fasste Denise zusammen. »Du bist nicht meiner Meinung?«, fragte sie anschließend spitz, weil ich wohl ein skeptisches Gesicht aufgesetzt hatte.

»Wie sollte er Scholl denn erkannt haben, Denise? Du erinnerst dich? Auf den Büchern, die er ja offensichtlich kannte, ist kein Bild des Autors!«

In diesem Augenblick kam Donner höchstpersönlich zur Türe herein und legte jedem von uns einen Packen Papier auf den Tisch. »Das sind die Abschriften der Karbonkassette, die Dreyer vor ein paar Minuten endlich herausgerückt hat«, erläuterte er uns. »Einhundertzweiundzwanzig Seiten! Jeder von euch nimmt sich ein Viertel davon heute noch vor, Theisen und Frohn haben ihren Teil bereits.« Und schon war er wieder zur Tür hinaus.

»Ach ja!«, rief er noch über die Schulter. »Die Fallbesprechung fällt heute aus!«

* * *

Einhundertzweiundzwanzig Seiten! Durch vier geteilt, hieß das, für jeden von uns gab es gute dreißig vollgeschriebene DIN A4 Seiten durchzuackern. Und wenn ich sage ›vollgeschrieben‹, dann ist das durchaus wörtlich zu nehmen!

Dreyers Software hatte zwar, wie von ihm angekündigt, den Buchstabensalat auf dem Band in eine lesbare Form bringen können, wie es den Anschein hatte, aber das war natürlich jetzt alles hintereinander, ohne einen einzigen Absatz, Einrückungen, oder was man beim Schreiben sonst noch an stilistischen Mitteln zur Verfügung hat, um den Text aufzulockern. Es war daher alles andere als leicht lesbar. Unter einem begleitenden Seufzer Malowskis, die ihren Stapel unverzüglich abzuarbeiten begann, nahm ich das oberste Blatt zur Hand und vertiefte mich in meinen Anteil der Arbeit ebenfalls.

Leicht würde es nicht werden, in den Texten, sofern überhaupt vorhanden, einen brauchbaren Hinweis zu entdecken. Es war ja nicht bloß die Tatsache, dass alles an einem Stück war. Zudem waren die uns zur Verfügung stehenden Seiten ja lediglich ein Teil des Gesamtmanuskriptes, Scholl hatte mit Sicherheit mindestens einmal die Farbbandkassette wechseln müssen.

Und nicht zuletzt waren die Seiten vom Chef ohne Rücksicht auf eventuelle Bezüge geviertelt worden. So konnte es theoretisch sein, dass ein wichtiger Hinweis allein dadurch verlorenging, dass zum Beispiel Denise ihn nicht erkannte, weil der Rest des Kapitels sich bei mir befand, und ich umgekehrt mit meinem Teil nichts anzufangen wusste, weil wesentliche Zusammenhänge sich in ihrem Stapel befanden. Ich machte mir in Gedanken eine entsprechende Notiz.

Beim Lesen kristallisierte sich sehr schnell heraus, dass Scholl in seinem neuen Buch, zumindest in dem Teil, den ich besaß, auf den Zug ›Superwahljahr 2009‹ aufgesprungen zu sein schien. Bekanntlich wurden, neben diversen Kommunalwahlen und der Wahl zum Europaparlament, in diesem Jahr sowohl der Bundespräsident gewählt als auch mehrere Landtage, und nicht zuletzt der Bundestag. Demzufolge triefte das Manuskript nur so von hanebüchenen Theorien zur Unterwanderung der Demokratie durch feindliche Mächte, Abgeordnete, die ›Dreck am Stecken‹ hatten, Wahlbetrügereien, und so weiter.

Aus den Augenwinkeln konnte ich sehen, dass Denise ebenfalls alle paar Minuten verständnislos den Kopf schüttelte. Ich wollte eben eine weitere Seite auf den Gelesen-Stapel legen, als mich ein Ausruf meiner Kollegin erstarren ließ: »Du glaubst es ja nicht!«, rief sie übertrieben laut zu mir herüber, »ich habe tatsächlich etwas gefunden!«

* * *

DENISE

Bereits nach wenigen Seiten wurde mir klar, dass mit diesem Wust an angesammeltem Schwachsinn kein Blumentopf für unsere Mordermittlung zu gewinnen war. Beinahe auf jeder Seite war die Rede von ›finsteren Machenschaften‹ namentlich nicht genannter Industrieller oder ebenso namenloser Politiker. Überhaupt schien der Autor sich zu scheuen, mit Anschuldigungen und Vorhaltungen allzu sehr ins Detail zu gehen, was für uns die Frage aufwarf, inwieweit wir überhaupt in der Lage waren, ermittlungsrelevante Erkenntnisse daraus zu ziehen. Allerdings fingen meine Seiten mitten in einem Kapitel an, Donner hatte den Stapel Papier kritiklos einfach in vier Teile geteilt. Vielleicht hatte ja Tobias den Teil vor meinem. Ich nahm mir vor, ihn nachher darauf anzusprechen.

Ich legte eine weitere gelesene Seite weg und widmete mich der Nächsten, wobei ich verstohlen abzuschätzen versuchte, wie viele noch blieben. Die ersten zehn oder zwölf Zeilen dieser Seite unterschieden sich durch nichts von dem Sermon, den ich bisher erdulden musste. Dieses Mal ging es um Parlamentswahlen. Aber dann änderte sich plötzlich der Schreibstil in höchst auffälliger Weise, ich merkte aber dennoch erst nach einer kleinen Weile, dass es sich hier gar nicht mehr um Manuskriptseiten handelte, sondern offenbar um einen Brief: *›Verehrter Herr! Die Not zwingt mich leider dazu, Sie ein weiteres Mal aufzufordern ...‹.*

Fassungslos überflog ich die wenigen Zeilen, bis es wieder ›normal‹ weiterging. Ich war perplex. Was ich hier in meinen Händen hielt, war nichts anderes als der lange gesuchte Erpresserbrief! Oder wenigstens einer davon, wir gingen ja von insgesamt zwei oder gar drei Erpressungsversuchen aus. »Du glaubst es ja nicht! Ich habe tatsächlich etwas gefunden!«, rief ich Tobias zu, der daraufhin schmerzhaft das Gesicht verzog. Ich war wohl etwas laut gewesen. Mit einem schuldbewussten Gesichtsausdruck reichte ich ihm das Blatt hinüber.

Tobias las einige Minuten konzentriert und brummte schließlich vor sich hin, wie er es immer tat, wenn ihm etwas missfiel oder er nicht so recht wusste, woran er bei einer Sache war. Dann reckte er mir fordernd die Hand entgegen: »Gibst du mir bitte auch noch das Blatt davor?«

Was er wohl damit wollte? Der Text auf der vorherigen Seite hatte doch gar nichts damit zu tun ... Oder ob ihm etwas aufgefallen war, das meiner Aufmerksamkeit entgangen war? »Ich weiß zwar nicht, was du damit willst, aber bitte!«, tat ich ihm den Gefallen. Tobias vertiefte sich wieder in den Text, dieses Mal aber nur für wenige Sekunden, dann sah er auf und schüttelte ratlos den Kopf.

»Da stimmt etwas nicht, Denise!«, behauptete er. »Der Brief wurde nach dem Kapitel, dass sich mit der Bundestagswahl befasst, geschrieben!«

»Ja, und?« Ich wusste immer noch nicht, worauf er hinaus wollte. »Was ist denn daran so merkwürdig?«

»Das will ich dir gerne sagen: Die Wahl war am 27. September, eine Woche vor Scholls Ermordung! Wenn er den Brief aber erst danach schrieb ...«

»... passt es nicht mit der Theorie zusammen, dass sein Mörder durch eine dritte Erpressung aktiv wurde, und bei *Penrose* seine Adresse herauszufinden versuchte!«, fiel bei mir endlich der sprichwörtliche Groschen. »Denn *das* war ja definitiv vorher! Andererseits muss es aber vielleicht gar nichts bedeuten, Tobi. Der Autor kann das ja einfach aus der zukünftigen Perspektive heraus geschrieben haben. Wenn das Buch fertig ist und in den Handel kommt, ist das ja alles Vergangenheit, und das Datum der Wahl stand immerhin lange genug vorher fest.«

»Das wäre eine Möglichkeit. Er geht in dem Absatz ja auch nicht weiter in die Tiefe. Aber etwas anderes ist viel interessanter«, wechselte er abrupt das Thema. »In dem Erpresserbrief ist die Rede von einem ›unwiderlegbaren Beweis‹, den der Verfasser des Schreibens gehabt haben soll!«

»Und was soll das sein? Die KTU hat nichts in der Art in seiner Wohnung gefunden, das hätte Jürgen doch ganz sicher erwähnt.«

»Nun, es könnte sich um ein Video handeln. Oder um Fotos. In digitaler Form passen die auf einen USB-Stick. Und vermissen wir nicht einen solchen Stick? Dreyer meinte doch, es müsse so ein Teil geben, weil Scholl vermutlich seine Texte darauf speicherte. Und die Sticks in der Schreibtischschublade waren allesamt leer.«

»Hm«, überlegte ich, »dann ist er weg! Aber ein anderes Rätsel wird meines Erachtens in dem Brief gelöst. Nämlich das, wie der Mörder auf Scholls Spur kam. Ich weiß ja nicht, ob dir die Stelle aufgefallen ist, wo es um die ›Geldübergabe‹ geht ...«

»Du meinst die, wo der Empfänger des Briefes die Codes für den Zugriff auf die Bitcoins in ein Buch schreiben sollte? Was ist damit?«, gab Tobias sich ahnungslos. Dass ihm das nicht aufgefallen war, wunderte mich jetzt aber doch.

»Nicht irgendein Buch, Tobias! ›Geheimakte Vatikan‹, also eins seiner eigenen Werke. Und er weist explizit darauf hin, dass es sich um denselben Autor handelt! Na?«, forderte ich ihn zum Nachdenken auf.

Tobias klatschte sich die Hand an die Stirn. »Klar! Der Kerl wird in seiner Eitelkeit jedes Mal ein anderes seiner Bücher genannt haben! Schade, dass wir die anderen Erpresserbriefe nicht haben. Man müsste schon völlig verblödet sein, um da keinen Zusammenhang zu erkennen. Und anschließend tauchte der Kerl bei Scholls Verlag auf, um nach seiner Adresse zu fragen!«

»Die er aber nicht bekam. Bleibt also immer noch die Frage, wie er ihn letztlich aufspürte.«

Tobias nickte versonnen zu meinen Ausführungen und widmete sich wieder seinen Manuskriptseiten, wir waren ja noch nicht durch damit. So vergingen mehrere Minuten, die wir schweigend mit unserer jeweiligen Lektüre verbrachten. Ich schreckte erst wieder auf, als Tobias mich ansprach: »Der Datenträger mit den Fotos, oder was auch immer, ist vielleicht gar nicht weg, Denise!«, eröffnete er mir geheimnisvoll und blickte mich verschmitzt an.

»Wie meinst du das? Jürgen und seine Leute sind immer sehr gründlich, das ist allgemein bekannt! Die haben bestimmt nichts übersehen!«

»Wer weiß? Los, wir müssen noch ein weiteres Mal zum Tatort!« Kaum hatte die letzte Silbe seinen Mund verlassene, sprang er auch schon auf und eilte zur Tür. Ich musste mir ein Grinsen verkneifen, das war hundertprozentig die Retourkutsche zu meiner Aktion mit der Schreibmaschine. Ich rechnete daher auch nicht mit einer Aufklärung, bevor wir am Ziel waren. Sollte er, ich würde ihm nicht den Gefallen tun, es vorher aus ihm herausbekommen zu wollen!

* * *

TOBIAS

Ich hatte mich schon diebisch darauf gefreut, ihr die Geheimniskrämerei mit der Schreibmaschine heimzahlen zu können. Aber was tat Denise? Gar nichts! Sie saß während der gesamten Fahrt stumm auf dem Beifahrersitz und schaute sich die Gegend an, oder tat jedenfalls so. Dabei wusste ich genau, dass sie vor Neugierde platzte, anmerken ließ sie sich jedoch nichts.

Ich hatte allerdings ganz konkrete Vorstellungen darüber, was ich in der Wohnung zu finden hoffte. Aber ebenso wie Denise bei ihrem Karbonband, konnte auch ich nicht völlig sicher sein, dass meine Vermutung auch tatsächlich stimmte. Dies war der eigentliche Grund für meine Zurückhaltung. Mit gemischten Gefühlen betrat ich daher nun bereits zum dritten Mal den Tatort. Selbstverständlich hatte sich seit unserem letzten Besuch nichts geändert. Das Siegel an der Eingangstür, von Denise am Mittwoch erst erneuert, war intakt.

Ich erinnerte mich, bei unserem ersten Besuch in einer der damals offenstehenden Schubladen des Schreibtischs exakt so ein Teil gesehen zu haben, wie ich es mir als Behältnis für die von uns gesuchten Bilder oder Videos vorstellte. Ich ging daher, gefolgt von Denise, schnurstracks ins Schlafzimmer und zog die oberste Schreibtischschublade auf. Bingo! Gleich obenauf lag das Teil: Eine von diesen kleinen elektronischen Kameras, offenbar eines der wenigen Zugeständnisse des Technikverweigerers Scholl an die modernen Zeiten!

Denise nahm mir das Teil aus der Hand. »So einfach kann es aber nicht sein, Tobias«, bemerkte sie kritisch und betrachte die Minolta von allen Seiten. »Ich gehe jede Wette ein, dass Vogels Leute das überprüft haben!« Sie war bereits dabei, am Deckel der Kamera herumzuwerkeln, um den Verschlussmechanismus zu lokalisieren.

»Hast du eine bessere Idee? Ich jedenfalls glaube nicht, dass die Fotos, sofern es welche gibt, auf dem verschwundenen USB-Stick waren«, widersprach ich. »Oder jedenfalls nicht ausschließlich. Immerhin speichern diese Kameras die Bilder auf einem internen Datenträger, einer sogenannten SD-Karte. Wenn die Fotos sich tatsächlich auf dem Stick befanden, muss es immer noch den Originaldatenträger geben!«

»Das weiß ich selbst!«, gab sie ungehalten zurück und hielt mir in der nächsten Sekunde mit einem ›Hab-ich's-nicht-gesagt-Gesicht‹ das geöffnete Kameragehäuse hin. Der Slot für die SD-Karte war leer! Aber etwas anderes hatte ich auch gar nicht erwartet, das wäre wirklich zu einfach gewesen.

»Ich habe sogar erwartet, dass der Speicherchip nicht mehr in der Kamera ist«, behauptete ich. »Versetz' dich doch mal in die Situation des Täters: Er tötet Scholl und nimmt den Stick mit, der vielleicht direkt neben dem Notebook lag oder sogar dort eingesteckt war. Den auf dem Schreibtisch liegenden Papierstapel mit dem unvollendeten Manuskript packt er zur Sicherheit ebenfalls ein. Dann durchwühlt er die Schränke und Schubladen nach weiterem belastenden Material und entdeckt die Kamera. Den Chip darin nimmt er vorsorglich ebenfalls mit. Aber was, wenn da gar nichts drauf war? Wenn Scholl die Speicherkarte mit den Beweisfotos gut versteckt hatte?«

»Da ist was dran ...« Denise sah sich die Kamera noch einmal genau an. »Da war eine Mini-SD drin«, bemerkte sie dann mit Kennerblick. »Die sind so was von winzig, die kann man buchstäblich in jeder Ritze verstecken!«

»Mit ›buchstäblich‹ könntest du sogar recht haben«, überlegte ich und sah mich im Zimmer um. Hier standen aber nur der Schreibtisch, ein Kleiderschrank und das Bett. Ich schlenderte daher ins Wohnzimmer, dort hatte ich etwas gesehen, das eher einem Versteck ähnelte, das für einen Schriftsteller angemessen war.

* * *

Eine halbe Stunde später gab ich mich entmutigt geschlagen. »Du hattest recht, Denise«, gab ich endlich kleinlaut zu. Dabei war ich mir so sicher gewesen, den Chip in einem der Bücher im Wohnzimmerschrank zu finden! Jedes Einzelne der über zwanzig Wälzer hatten Denise und ich uns vorgenommen, begonnen hatten wir mit den von Scholl selbst verfassten. Nichts. Zuerst hatten wir die Bücher nur an den Deckeln gehalten und ausgeschüttelt. Dann durchgeblättert und im Innendeckel nachgeschaut, falls der gesuchte Datenträger mit Tesafilm dort angeklebt war. Jetzt wusste ich auch nicht mehr weiter.

»Jetzt mach nicht so ein Gesicht wie sieben Tage Regen«, versuchte Denise, mich aufzumuntern. »Deine Überlegung bezüglich der Speicherkarte war ja so dumm gar nicht!«

»Na, herzlichen Dank auch!«

Jetzt grinste sie mich an. »Aber vielleicht war dieser Mensch ja doch nicht ganz so dämlich, wie wir dachten. Schau mal her!«, forderte sie mich auf und hielt mir eines der Bücher unter die Nase. »Das sind keine Paperbacks, sondern gebundene Bücher!«

»Und? Was hilft uns das jetzt?«

Sie schlug das Buch auf, wie um es zu lesen. »Wenn man ein solches Buch aufschlägt, entsteht zwischen dem Buchrücken und dem angeleimten Umschlag hinten ein Zwischenraum, siehst du?« Sie wackelte zur Demonstration mehrmals mit dem Buchdeckel.

Mir quollen fast die Augen über. Das musste es sein! »Mensch, Denise! Du bist einfach toll!«, entfuhr es mir. »Und ich denke, ich weiß auch schon, in welchem Schmöker der Chip steckt!«

Statt einer Antwort griff Denise zu *Geheimakte Vatikan*. »Meinst du den hier?« Klar, das war der letzte in der Reihe. Und bei aller Eitelkeit, die Scholl offenbar zu eigen gewesen war ...

Vorsichtig schlug ich es auf und linste mit einem Auge hinter den Buchrücken. Ich konnte es fast nicht glauben, aber dort drinnen klebte tatsächlich ein kleines flaches Etwas! »Wir nehmen das ganze Buch mit«, entschied ich spontan. Sollten doch die von der KTU den Chip dort heraus friemeln!

Auf dem Weg nach draußen blieb Denise plötzlich stehen. »Weißt du, was wirklich seltsam ist?«, fragte sie mich. Ich zuckte nur mit den Schultern. »Wenn Scholl wusste, wer sein nächtlicher Besucher war ...«, fuhr sie fort. »Warum hat er ihn dann arglos hereingelassen, und drehte ihm sogar den Rücken zu, damit der ihn niederschlagen konnte?«

Das war mir auch schon aufgestoßen. »Es könnte doch sein«, überlegte ich, »dass Scholl glaubte, seine Frau wäre noch einmal zurückgekommen. Sie war ja gerade erst durch die Tür und ist dem Täter auf dem Weg nach unten sogar begegnet.«

»Du meinst, er macht arglos die Tür auf, und ... bumm, der Kerl zieht ihm gleich eins über?«

»So etwas in der Art, ja. Komm, lass uns fahren!«

»Aber warum nimmt der Täter die Klammer von Scholls Nase, nachdem der tot war, lässt aber den Rest, wie wir ihn dann vorgefunden haben?«, blieb Denise hartnäckig.

»Das Klebeband und die Fesseln? Was weiß denn ich! Vielleicht war es ihm nicht so wichtig, das zu vertuschen, oder er wollte es nur so aussehen lassen, als sei der Erstickungstod seines Opfers sozusagen ein ›Unfall‹ gewesen. Bei einer Verurteilung macht das nämlich schnell mal zehn Jahre aus.

Außerdem konnte er sich denken, dass unsere Spezialisten das sowieso herausbekommen. War's das jetzt? Ich würde gerne heute noch ins Kommissariat zurück!« Dieses Mal nickte meine Partnerin nur stumm und öffnete die Tür. Hatte ich sie jetzt verärgert?

Dann aber drehte sie sich doch noch einmal zu mir um und sagte: »Du hast recht, diese Rätsel können wir hier und jetzt ohnehin nicht lösen. Aber wenn auf diesem Chip ...« Sie hielt das Buch hoch. »Falls darauf Bilder von dem Mann sind, den Scholl erpresste, und wenn sein Gesicht darauf zu erkennen ist ... Dann haben wir endlich unseren Täter! Komm, lass uns jetzt endlich von hier verschwinden!«

ELF

DENISE

Montag, 19. Oktober, 8:14 Uhr

Tobias saß mit finsterer Miene vor seinem Computermonitor. Er hatte seit Dienstbeginn kaum ein Wort von sich gegeben und brütete irgendwas aus, seinem konzentrierten Gesichtsausdruck nach zu urteilen. Was ihm wohl durch den Kopf gehen mochte? Andererseits war es eigentlich nicht sonderlich schwer, seine Gemütsverfassung zu erraten. Mir ging es ja nicht anders nach der Pleite am Freitag.

Ich führte gedankenverloren die Tasse an die Lippen, nur um sie gleich wieder abzusetzen. Der Kaffee wollte mir heute auch nicht so recht schmecken. Es war aber auch zum Auswachsen, wie viel Pech kann man denn überhaupt haben?

»Wie viel Pech kann man denn überhaupt haben?«, wiederholte Tobias in diesem Augenblick exakt wortwörtlich meine Gedanken. »Ob wir jemals erfahren, was sich auf diesem Speicherchip befindet?«

Nachdem wir am Freitag unsere Beute freudestrahlend in der Forensik abgeliefert hatten, damit die im Buchrücken angeklebte Speicherkarte fachmännisch entfernt werden konnte, kam schon eine knappe Stunde später die Ernüchterung: Der Inhalt der Karte ließ sich nicht auslesen!

Seither war Klaus Dreyer mit Hochdruck dabei, unter Anwendung aller ihm bekannter Tricks und Kniffe doch noch ein Resultat zu liefern. Für den ehrgeizigen Informatiker eine wahre Herausforderung. Für uns dagegen hieß es nun, abzuwarten.

»Warte es doch ab, Tobias«, riet ich ihm daher, obwohl ich es selbst kaum erwarten konnte. »Es hat doch keinen Zweck, sich darüber einen Kopf zu machen. Klaus ist ein wahrer Meister auf seinem Gebiet, der kriegt das sicher noch irgendwie hin!«

Hoffentlich hatte ich recht, die Karte war laut Dreyer augenscheinlich unbeschädigt. Zumindest äußerlich. Im schlimmsten Fall, meinte er, seien einige Speicherzellen zerstört. Dann nämlich wäre es auch ihm nicht mehr möglich, an die Daten heranzukommen.

An diesem Punkt meiner Überlegungen angekommen, kam mir völlig zusammenhanglos mit einem Mal eine Art Geistesblitz. »Hast du eigentlich mal nach dem Autorennamen von Helmut Scholl gegoogelt?« Der Gedanke war irgendwie plötzlich in meinem Kopf. Wir hatten uns bisher immer nur auf den bürgerlichen Namen des Opfers konzentriert, dabei kannte der Täter, zumindest zu Beginn, wahrscheinlich nur dessen Pseudonym.

Tobias löste seinen Blick vom Computermonitor und sah mich ratlos an. »Nein?«, dehnte er. »Wozu hätte das deiner Meinung nach denn gut sein können? Wir wissen doch, wer das ist!«

»Ach, nur so. Mir ist da gerade ein Gedanke gekommen ... Wir wissen doch immer noch nicht, wie der Mörder, bei dem es sich vermutlich um den Empfänger des von Scholl verfassten Erpresserbriefes handelt ... also wie er dessen Identität herausfand. Was wir aber wissen, ist, dass er beim Verlag in Bonn vorstellig wurde. Und, dass Scholl eine Woche danach ebenfalls dort war.«

»Das haben wir doch schon mehrfach erörtert«, gab Tobias ungehalten zurück. »Du hattest gemeint, dass der Unbekannte dort Stellung bezog und Scholl dann folgte, jedenfalls wurde er wiederum einige Tage später von einem Anwohner in der Friesenstraße gesehen. Da aber öffentlich kein Foto existiert, das mit Scholl in Verbindung gebracht werden kann, wissen wir nicht, wie der Mann ihn erkannt haben könnte. Sofern deine Vermutung überhaupt stimmt!«

Während Tobias mir mit wohlgesetzten Worten die Unsinnigkeit meiner Theorie zur Aufdeckung von Scholls Identität durch seinen Mörder zu erklären versuchte, hatte ich flugs das Pseudonym in die Suchmaske eingegeben. Tobias war schließlich nicht der Einzige, der zwei Sachen gleichzeitig erledigen konnte! Mist, kein Treffer! Ich versuchte es aber sofort ein weiteres Mal, ich hatte mich nämlich vertippt.

»Hörst du mir überhaupt zu?«, beschwerte sich Tobias jetzt. »Was treibst du denn da überhaupt?«

»Was ich mache? Schau es dir selbst an!«, triumphierte ich. Ich hatte nämlich einen Treffer erzielt und ein wunderschönes Bild von unserem

Autor im Internet entdeckt! Auf meinem Bildschirm prangte in voller Größe ein Foto von Helmut Scholl, offenbar auf der Autorenlesung eines Kollegen aufgenommen. Und unter dem Bild stand ein Name: Ben Brown. Das Pseudonym, unter dem er seine Bücher schrieb!

Tobias war mittlerweile hinter mich getreten. »Ich nehme alles zurück!«, rief er begeistert. »Wir sollten auf der Stelle nach Bonn fahren und mit dem Phantombild in der Nachbarschaft des Verlages herumfragen.«

* * *

Wieder standen wir vor dem Gebäude, in dem der Penrose-Verlag beheimatet war. Der Gedanke, hier nach einem auffälligen roten Cabrio zu fragen, war sicher keine schlechte Idee, aber wen sollten wir hier befragen? Dieses Viertel war ein rein geschäftlich genutztes, wobei Lagerhallen und Fertigungsbetriebe vorherrschten. Und Büroräume. Hier gingen garantiert keine Rentner mit ihren Hunden spazieren.

Die nächste Wohnbebauung war zudem mindestens hundert Meter entfernt. Geparkte Fahrzeuge standen allerdings haufenweise am Straßenrand. Und das, obwohl die Straße überwiegend mit Halteverbot-Schildern gepflastert war. Diese Gegend war doch garantiert eine äußerst lukrative Einnahmequelle für unsere Ordnungshüter.

Und tatsächlich: Einige Dutzend Meter weiter verteilte eine Mitarbeiterin des Ordnungsamtes fleißig sogenannte Knöllchen. Ich machte Tobias, der etwas ratlos mit dem Phantombild in der Hand seine Blicke schweifen ließ, auf die uniformierte Dame aufmerksam: »Schau doch mal, Tobi! Wenn die hier jeden Tag herumläuft, hat sie vielleicht ja was gesehen!«

Die ›Kollegen‹ vom ruhenden Verkehr hatten schon allein von Berufs wegen ein Auge für am Straßenrand abgestellte Autos. Und in der Regel ein fabelhaftes Gedächtnis für Kfz-Kennzeichen.

Der Einfachheit halber, und um die Frau nicht aus dem Rhythmus zu bringen, blieben wir an Ort und Stelle und warteten, bis sie unseren Standort erreicht hatte, was etwa fünf Minuten dauerte. Die Frau entsprach in vollem Umfang dem Klischee, das über die Vertreterinnen ihrer Zunft vorherrschte: etwa 1,60 Meter groß, stämmig, und mit einem äußerst mürrischen Gesichtsausdruck bewaffnet. Fast synchron zogen Tobias und ich unsere Dienstausweise aus der Tasche.

»Hallo«, sagte ich. »Wir sind von der Kriminalpolizei. Haben Sie wohl einen kurzen Moment Zeit? Wir haben nur ein paar kleine Fragen, wenn es Ihnen recht ist.«

Sofort wich ihre bislang sauertöpfische Miene mäßigem Interesse. »Sicher. Worum geht es denn? Aber machen Sie es kurz, ich habe wenig Zeit!«

»Machen Sie jeden Tag hier die Runde?«, sprach Tobias sie an und setzte sein ›Weichmacherlächeln‹ auf. Es verfehlte auch dieses Mal seine Wirkung nicht. Die Frau, ein Namensschild am Revers ihrer

Jacke zeigte den Namen Tillmann, nickte mit dem Kopf.

»Montag bis Freitag. Am Wochenende darf man ja hier stehen«, zeigte sie auf eines der Schilder.

»Es geht uns um einige Tage im September, so um den Zwanzigsten herum, denke ich«, übernahm ich jetzt die Befragung. »Ist Ihnen eventuell ein auffälliger roter Sportwagen - ein Cabrio - aufgefallen? Mit einem Mann am Steuer vielleicht. Hat vermutlich länger mit geschlossenem Verdeck hier irgendwo gestanden.«

Frau Tillmann dachte einige Sekunden nach. »Stimmt, da war so ein komischer Kauz ... stand da herum und hielt Maulaffen feil. Und das im absoluten Halteverbot! Weiß doch jeder, dass man da nur drei Minuten stehen darf, auch wenn man den Wagen nicht verlässt!«

»War es eventuell der hier?« Tobias hielt der Frau die Zeichnung hin. »Erkennen Sie den Mann auf dieser Zeichnung wieder?« Ich hielt den Atem an. Hatten wir endlich einmal Glück?

»Der war mir doch gleich verdächtig«, nickte sie wieder. »Hat er was angestellt? Klar, der war das. Hundertprozentig! Hab ihn aufgefordert, zu verschwinden. Wurde erst was pampig, hat dann aber doch die Biege gemacht. Hab mir aber das Kennzeichen notiert, wenn Ihnen das was hilft.«

* * *

TOBIAS

Unsere Pechsträhne wollte einfach nicht abreißen. Die Politesse in Bonn hatte zwar das Kennzeichen notiert, weil ihr der Mann verdächtig erschien, aber vor allem, um kontrollieren zu können, ob er später wieder dort stand.

Wie sich dann jedoch ziemlich schnell herausstellte, hatte sie den Block, da dieser vollgeschrieben war, vor einer Woche durch einen neuen ersetzt. Sie war sich aber sicher, den anderen in ihrer Schreibtischschublade im Büro hinterlassen zu haben, da sie solche Sachen sicherheitshalber mehrere Monate aufzubewahren pflegte.

Also gab ich ihr meine Karte mit der Bitte, mich unverzüglich anzurufen, sobald sie im Besitz der gewünschten Information sei. Sie versprach es mit der Einschränkung, dass dies frühestens am Mittwoch sein würde, da sie heute nicht mehr ins Büro komme und morgen ihren freien Tag habe.

So kam es, dass unsere größten Ermittlungserfolge, nämlich das Auffinden der geheimen Speicherkarte und das Kfz-Kennzeichen vom Wagen des mutmaßlichen Mörders, gleichzeitig unsere größten Niederlagen waren. Ein Paradoxon sozusagen.

An den Inhalt der SD-Karte kamen wir derzeit nicht heran, und ob die Bonner Politesse den Notizblock mit dem Kennzeichen tatsächlich noch in ihrem Besitz hatte, war ungewiss. Zudem hatten

wir es gerade mal so geschafft, bis zur Fallbesprechung zurück zu sein.

Während ich meinen trüben Gedanken nach-
hing, beendete Denise soeben ihre Version von
›Pleiten, Pech und Pannen‹, in der sie die Teammit-
glieder auf den letzten Stand brachte. Was die
Sache mit dem Speicherchip betraf, hatten wir
Donner bereits am Freitagnachmittag informiert.

»Danke, Denise«, quittierte Donner den Bericht.
»Das war sehr gute Ermittlungsarbeit von euch,
nur leider infolge der Umstände bisher ohne Ergebnis. Hoffen wir, dass Dreyer wenigstens den Speicherchip aus der Kamera noch retten kann!«

»Die Politesse ist ja noch nicht ganz aus dem
Rennen«, erinnerte ich ihn. »Vielleicht haben wir
bezüglich des Kennzeichens doch noch Glück, die
Dame wollte sich am Mittwoch wieder melden. Sie
machte eigentlich einen recht vernünftigen Eindruck. Denise und ich werden die Zeit bis dahin
nutzen und uns wieder der unterbrochenen Lektüre des Manuskripts widmen. Ich glaube zwar
nicht mehr daran, aber vielleicht finden wir ja doch
noch einen Hinweis darin.«

»Na, dann viel Glück dabei!«, ließ sich Theisen
vernehmen. »Werner und ich sind ja mit unserem
Teil schon durch. Da steht nichts Konkretes drin.
Ich frage mich allen Ernstes, wie solche Leute
immer noch welche finden, die für sowas Geld ausgeben.«

»Allerdings ist uns aufgefallen, dass in dem
Manuskript häufig auf die Politik eingegangen

wurde«, ergänzte Frohn. »Vor allem die Wahlen waren ein Thema. Es waren ja in den letzten Monaten auch so einige. Könnte es nicht sein, dass unser Mörder dort zu suchen ist? Dass Scholl im Rahmen der Recherchen zu seinem neuen Buch über irgendwelche Machenschaften eines Politikers stolperte und ihn erpresste?«

»Natürlich wäre das möglich«, ereiferte sich Donner. »Aber was nutzt uns das? Wir benötigen einen Namen zu dem Gesicht auf unserem Phantombild, und damit schmeißt der Kerl in seinem Machwerk ja nicht gerade um sich!«

»Das zwar nicht, Chef. Aber ich hab mir da was überlegt: Frau Klausen, die dem Mann im Treppenhaus begegnete, sagte doch irgendwas darüber, dass er ihr bekannt vorgekommen sei, oder so ähnlich?«

»Sie meinte, das Gesicht schon gesehen zu haben«, antwortete Denise, die sich angesprochen fühlte. »Sie konnte aber nicht sagen, wo und bei welcher Gelegenheit das gewesen sein könnte.«

»Eben. Und es waren doch kürzlich nicht nur die Bundestagswahlen. Unmittelbar vorher waren zum Beispiel hier in der Gegend die Gemeinderatswahlen.«

Ich grub in meinem Gedächtnis. »Am 30. August war das«, erinnerte ich mich.

»Wenn du das sagst … Was ich meine, ist: Da hängen doch Wochen vorher immer diese nervigen Plakate mit den Konterfeis der Kandidaten an allen Straßenecken. Man kann keine drei Meter laufen, ohne einem zu begegnen. Aber seien wir doch mal ehrlich, wer schaut denn da noch genau hin?«

Mir fiel die Kinnlade herunter. Konnte es so einfach sein? Und ausgerechnet der phlegmatische Werner Frohn musste darauf kommen! »Du meinst also, Eveline Klausen sah, wenn sie durch die Straßen von Niederkassel lief, unbewusst immer dieses Bild auf den Werbeplakaten? Und von daher kam ihr der Mann auf der Treppe bekannt vor? Möglich wär's ja.« Frohn lehnte sich nur selbstgefällig zurück und grinste mich an.

»Kommen wir an die Plakate von der letzten Wahl noch irgendwie ran?«, dachte Donner an das Naheliegende.

»Das kann ich mir nicht vorstellen, Chef«, zweifelte Denise. »Wir müssten uns dazu an den jeweiligen Eigentümer wenden, und wenn wir den kennen würden, bräuchten wir das Plakat ja nicht mehr.«

»Aber irgendeine Möglichkeit muss es doch geben!«

»Ich denke, das Beste wird es sein, wenn Denise und ich nach Niederkassel fahren«, schlug ich vor. »Wenn Werner recht hat und der Mensch eine lokale Größe in seiner Stadt ist, erkennt ihn eventuell jemand wieder.«

»In Ordnung, macht das«, beendete Donner die Diskussion. »Und ihr zwei«, wandte er sich an Frohn und Theisen, »hängt euch ans Telefon und versucht herauszubekommen, was mit den Plakaten nach der Wahl passiert ist. Und bringt mir endlich Resultate!«

* * *

DENISE

»Da hätten wir aber auch selbst drauf kommen können«, resümierte Tobias die vorhin von Frohn vorgetragene These. »Ausgerechnet der muss uns geradezu mit der Nase darauf stoßen!«

»Jetzt lass dem Mann doch auch mal ein Erfolgserlebnis«, lachte ich. »Du kennst doch das Sprichwort mit dem blinden Huhn. Und genau genommen ist das schon um einige Ecken gedacht, das musst du zugeben!«

»Na ja, möglich wäre das ja schon, wenn auch ziemlich an den Haaren herbeigezogen. Und es erklärt immer noch nicht, wie Scholl gerade jetzt hinter irgendwelche Machenschaften eines Lokalpolitikers kam, wo er zufällig an einem Buch darüber schrieb.«

Das stimmte natürlich. Dennoch mussten wir dieser vagen Spur nachgehen, wir konnten es uns in der derzeitigen Situation einfach nicht leisten, es unbeachtet zu lassen. »Vielleicht war es ja auch umgekehrt«, überlegte ich. »Scholl kannte den schon vorher und kam erst durch diese Sache überhaupt auf die Idee für das Buch.«

Tobias brummte nur zustimmend, weil er jetzt mit Einparken beschäftigt war. Wir waren an unserer ersten Anlaufstelle, dem Haus, in dem Eveline Klausen wohnte, angekommen. Wir hatten unterwegs beschlossen, dort zu beginnen. In der Hoffnung, die Frau erinnerte sich doch noch, bei welcher Gelegenheit sie den Mann schon einmal gesehen hatte, wenn wir die Wahlplakate erwähnten.

Danach hatten wir noch ihre Freundin auf dem Programm, die ja ebenfalls in Niederkassel wohnte, gar nicht weit von hier. Erst, wenn beide uns nicht weiterhelfen konnten, wollten wir den dornigen Weg einer umfassenden Anwohnerbefragung einschlagen. Es sollte jedoch anders kommen.

* * *

Tobias' Finger schwebte noch über der Klingel mit dem Namen ›Klausen‹, als die dazugehörige Wohnungstür sich unverhofft auftat und eine attraktive Blondine, in ihren Mörderabsätzen fast so groß wie mein Partner und auf dem Weg nach draußen, erschrocken zurückpralle.

»Ach nee!«, entfuhr es Gabriele Münch, denn um niemand anderes handelte es sich bei der Dame. »Das dynamische Duo! Seid ihr zwei etwa wieder unterwegs, unschuldige Leute festzunehmen?«

Ihre Stimme triefte förmlich vor Spott, sie war eindeutig von beiden die mit dem ausgeprägteren Selbstbewusstsein. »Ich wollte eigentlich gerade gehen«, fügte sie mit zusammengekniffenen Augen hinzu. »Aber unter diesen Umständen bleibe ich wohl besser noch!«

Sie trat beiseite und wies einladend in das Innere der Wohnung. Das Zeigen unserer Dienstausweise ersparten wir uns.

»Ach herrje!«, machte Eveline Klausen, als sie uns sah. Sie stand in der Tür zur Küche, als wir eintraten. »Sie wollen uns doch hoffentlich nicht schon wieder mitnehmen?«

»Nein, nein!«, beruhigte Tobias sie. »Alles gut! Wir haben nur eine Frage, dann sind wir gleich wieder fort! Es trifft sich übrigens gut, dass wir Sie ebenfalls hier antreffen«, informierte er Gabriele Münch, die die Szene mit undurchdringlicher Miene verfolgte. »Wir hätten Sie nämlich ansonsten im Anschluss noch aufgesucht. Und wenn Sie, Frau Klausen, von Anfang an die Wahrheit gesagt hätten, statt sich in Lügen zu verstricken, wäre Ihre Festnahme bestimmt nicht erforderlich gewesen!«

Frau Klausen schaute verlegen vor sich auf den Fußboden. »Ich hatte einfach schreckliche Angst, dass Sie mich verdächtigen, wenn Sie erfahren, dass ich ... Als Ihre Kollegen sagten, dass mein ... dass Helmut an dem Abend, als ich dort war, ermordet wurde ... ich bin in Panik geraten!«

»Es ist ja noch einmal gut für Sie ausgegangen«, versuchte ich, die aufgelöste Frau zu beruhigen. »Aber etwas Anderes: Sie meinten neulich, als wir bei der Polizeizeichnerin waren, dass Ihnen der Mann bekannt vorkam, den Sie im Treppenhaus sahen.« Ich zeigte ihr noch einmal die mit ihrer Hilfe angefertigte Zeichnung. »Nun ist uns dazu etwas eingefallen, könnte es vielleicht sein, dass ...«

»Das ist doch … den kenne ich!«, wurde ich von Gabriele Münch unterbrochen, die mir die Zeichnung praktisch aus der Hand riss, bevor ihre Freundin danach greifen konnte.

* * *

TOBIAS

Ich hatte Denise gewähren lassen, als sie vorhin souverän das Heft in die Hand nahm und auf das Phantombild zu sprechen kam. Überhaupt schien sie ein sicheres Gespür dafür zu haben, wann es an der Zeit war, das Wort zu ergreifen, und wann nicht. Manchmal kam es mir sogar so vor, als würden wir uns ein Gehirn teilen, so wie sie immer meine eigenen Gedankengänge aufgriff und logisch fortführte.

Ich selbst verlegte mich daher zunächst darauf, die Szene nur zu beobachten. Sie machte ihre Sache wie immer sehr gut. Jetzt, unmittelbar nach dem Ausruf der Frau Münch, die immer noch das Blatt mit der Zeichnung in den Händen hielt, schien sie allerdings buchstäblich zu erstarren.

Aber auch ich spürte das bekannte Kribbeln in der Nase, das mich immer befiel, wenn sich eine konkrete Spur auftat. ›Schnüffelnase‹ nannte Melanie das immer. Schnell verbannte ich die aufkommende Erinnerung in einen entlegenen Winkel meiner Aufmerksamkeit.

»Sie ... Sie kennen ihn?«, hörte ich Denise sagen. »Sie sind sich sicher? Um wen handelt es sich?« Ich hielt unwillkürlich den Atem an, man hätte eine Stecknadel fallen hören können.

»Dass du den nicht erkannt hast ...!«, schüttelte Frau Münch den Kopf an die Adresse ihrer Freundin. »Na, das ist doch dieser millionenschwere Bauunternehmer, der sich neulich für alle überraschend bei der Wahl zum Gemeinderat als Kandidat aufstellen ließ! Er gehört nämlich keiner Partei an«, erklärte sie Denise und mir. »Hat das sozusagen alles privat finanziert, gewählt wurde er allerdings nicht.«

»Ach, für Politik interessiere ich mich doch nicht, das weißt du doch!«, brachte Frau Klausen vor. »Aber jetzt, wo du es sagst ... Hat der nicht in dem Ortsteil kandidiert, wo du wohnst? Dann kann es ja sein, dass ich seine Wahlplakate mal gesehen hab, als ich zu Besuch bei dir war. Und deshalb kam er mir dann so bekannt vor. Kennen tue ich den aber eigentlich nicht!«

Auf Denises Stirn bildete sich die bekannte Falte, ihre Geduld war also erschöpft. »Das ist ja alles schön und gut, meine Damen«, unterbrach sie die beiden Frauen ungehalten. »Aber wir benötigen einen Namen! Wie heißt der Mann denn nun?«

»Kaufmann, Frau Kommissarin«, gab Gabriele Münch endlich ihr Wissen preis. »Ludwig Kaufmann!« Alle sahen mich verwundert an, als ich die Luft geräuschvoll in meine Lungen sog. Ich hatte gar nicht bemerkt, dass ich sie die ganze Zeit über angehalten hatte!

»Ich darf doch?«, versuchte ich, die peinliche Situation zu überspielen, indem ich der Frau die Zeichnung aus der Hand nahm. »Haben Sie vielen Dank, meine Damen, Sie haben uns sehr geholfen!« Ich gab Denise, die mich fragend ansah, einen Wink. Hier hatten wir nichts mehr verloren, und im Kommissariat wartete eine Menge Arbeit auf uns. Es war jetzt an der Zeit, alles über diesen Kaufmann in Erfahrung zu bringen, was es gab. Und dann würden wir dem sauberen Herrn einen kleinen Besuch abstatten!

ZWÖLF

TOBIAS

Dienstag, 20. Oktober, 8:47 Uhr

Natürlich hätten wir nach den brandheißen Informationen, die uns Gabriele Münch gab, noch gestern Nachmittag bei Kaufmann erscheinen können! Es wäre zudem von der Wohnung der Klausen in Niederkassel kaum mehr als ein Katzensprung gewesen. Uckendorf, wo der Firmen- und Wohnsitz des Bauunternehmers war, lag praktisch auf dem Weg, wenn wir zurück ins Kommissariat wollten.

Aber was hätten wir dort ausrichten können? Die Ähnlichkeit seines Gesichts mit unserem einzigen ›Trumpf‹, einem Phantombild, war kein Beweis für seine Schuld. Es ist schließlich nicht strafbar, jemandem zu ähneln. Und für eine Gegenüberstellung mit der Zeugin Klausen, die ihn - oder jemanden, der aussah, wie er - leibhaftig gesehen hatte, fehlte uns jegliche Handhabe. So waren Denise und ich uns einig gewesen, den Rest des Tages mit Recherchen zur Person des Ludwig Kaufmann zu verbringen. Und wir hatten in der Tat eine Menge über den Mann herausgefunden!

Da war zuallererst der Wagen, den Kaufmann fuhr: Ein roter BMW Z4 mit vollständig versenkbarem Hardtop! Diese Variante des Roadsters war erst seit ein paar Monaten auf dem Markt, ein ausgesprochen schickes und - vor allem - auffälliges Auto. Dass der Wagen, sofern Kaufmann tatsächlich unser Mann sein sollte, unseren Zeugen Bergfelder und Tillmann aufgefallen war, musste nun wirklich niemanden wundern. Die Information über das Auto war indes leicht zu beschaffen gewesen: Ein Anruf auf der Zulassungsstelle unter Berufung auf Amtshilfe genügte völlig.

Der dreiundvierzigjährige Unternehmer war unverheiratet, leidenschaftlicher Amateur-Golfer, und verfügte über ein Privatvermögen in zweistelliger Millionenhöhe. Das Geschäft, mit dem er seinen Reichtum begründete, hatte er von seinem Vater geerbt, der den Betrieb nach dem Zweiten Weltkrieg mit nichts als seiner Hände Arbeit aufbaute. Kaufmann hatte danach den maroden Familienbetrieb von Grund auf saniert und auf Erfolgskurs gebracht. Artikel über den Werdegang des Selfmade Millionärs gab es im Internet haufenweise. Was wir nicht hatten, war ein Beweis seiner Schuld. Noch nicht. Denise und ich würden ihm jedoch spätestens heute Nachmittag auf die Pelle rücken!

Während ich mir all das durch den Kopf gehen ließ, drängte sich ganz weit im Hintergrund meiner Gedanken eine Information nach vorn, ohne allerdings konkret zu werden. Dies war eine ganz neue Erfahrung für mich, weil ich eigentlich nie etwas Wichtiges vergaß. Kaufmann ... Kaufmann ... Ich war mir beinahe sicher, den Namen schon in irgendeinem Zusammenhang gehört zu haben! Aber je mehr ich versuchte, die Erinnerung zu greifen: Sie flutschte mir immer wieder davon. Ich schüttelte verwirrt den Kopf.

»Worüber zerbrichst du dir den Kopf?«, drang mit einem Mal Denises Stimme in meine Gedanken. Ich hob den Kopf und blickte in ihre forschenden Augen. Offenbar hatte sie mich die ganze Zeit beobachtet. »Ich sehe dir doch an der Nasenspitze an, dass du was ausbrütest!«, provozierte sie mich. »Los, heraus damit!«

»Na gut!« Stockend begann ich, ihr das wenige, was ich wusste, mitzuteilen.

»Ach, Tobi!«, seufzte Denise anschließend. »Mach doch endlich mal deinen Kopf frei!«

»Ich weiß wirklich nicht, was du ...?«

»Tobias Heller!«, sagte sie ernst. »Denk doch mal nach: Bei deinem sprichwörtlichen Gedächtnis kann es sich dabei doch unmöglich um einen Fall handeln, an dem du selbst mitgewirkt hast, oder?«

»Ja klar, aber ...«

»Du bist doch mit einer Kriminalkommissarin verheiratet, sehe ich das richtig?«

Ich muss wohl reichlich dämlich aus der Wäsche geschaut haben, denn Denise lachte laut auf. Dann klatschte ich mir die Hand an die Stirn. »Melanie!«, entfuhr es mir. Jetzt war mir mit einem Schlag alles klar: Meine Frau musste mir irgendwann etwas erzählt haben, was irgendwie in diese Richtung ging. Erinnern konnte ich mich jedoch immer noch nicht daran.

»Dann gibt es nur eines«, brachte Denise es auf den Punkt, nachdem ich ihr das gesagt hatte. Ich wünschte, sie hätte es nicht getan. »Wir müssen deine Frau dazu befragen!«

* * *

DENISE

Melanie Heller war eine beeindruckende Persönlichkeit, eine von der Sorte, die beim betreten eines Saales sämtliche Anwesende auf der Stelle verstummen lässt. Alles an dieser Frau war außergewöhnlich. Eine Handbreit größer als ich, war sie in ihren High Heels fast so groß wie Tobias. Das einer Löwenmähne gleichende und bis auf den Rücken fallende Haar war feuerrot und ihre Stimme von einem tiefen, rauchigen Alt. Ihr Körperbau war schlank, ohne dabei knochig zu wirken.

Ich hatte Tobias zu diesem Gespräch förmlich mitschleifen müssen, er hatte sich anfangs beharrlich geweigert, auch nur einen einzigen Schritt in das Büro seiner Frau zu setzen. Aber hier ging es um Wichtigeres, nämlich um die Aufklärung eines Mordfalles. Auf derart kindische Verhaltensweisen konnte ich da nun wirklich keine Rücksicht nehmen.

Jetzt saß er mit versteinerter Miene neben mir vor dem Schreibtisch der Kommissarin, die, wie ich hatte läuten hören, kurz vor einer Beförderung stand. Sie fixierte ihren Gatten stumm mit einem leicht verlegenen Lächeln auf den Lippen, während ich ihr unser Anliegen vortrug.

»Tobias glaubt, sich zu erinnern, dass du in seiner Gegenwart einmal den Namen Kaufmann in Zusammenhang mit einem Fall aus eurer Abteilung erwähnt haben könntest«, schloss ich meine Ausführungen diplomatisch ab. Melanie Heller war im Kommissariat 2 für Betrugsfälle zuständig.

»Kaufmann also ...«, wiederholte sie nachdenklich. Sie schien über ein ähnlich beeindruckendes Langzeitgedächtnis zu verfügen wie Tobias, da sie keinerlei Anstalten machte, irgendwelche Unterlagen zu Rate zu ziehen, und sofort weitersprach: »Es war vor etwa einem Jahr. Kaufmann war in unseren Fokus geraten, weil es Anzeichen für einen großangelegten Betrug in seinem Betrieb gab. Mehrere Bauherren, die von seiner Firma betreut wurden, hatten Anzeige erstattet. Aber wir konnten ihm nichts nachweisen.«

Ich warf Tobias einen bezeichnenden Blick zu. Hatten wir hier die Quelle für die mutmaßliche Erpressung durch Helmut Scholl aufgetan? Aber dann musste an den Anschuldigungen doch etwas dran sein, denn Scholl hatte ja Geldzahlungen erhalten. Zweimal sogar! »Die Ermittlungen wurden also eingestellt?«, vermutete ich. »Worum ging es denn dabei genau?«

Melanie schaute uns nacheinander ernst an. »Das ist schnell gesagt«, sagte sie dann. »Kaufmann wurde vorgeworfen, bei den Bauausführungen minderwertiges Material verwendet zu haben. Abgerechnet wurden jedoch in dutzenden von Fällen Materialien mit einem mehrfach höheren Preis. Kaufmann wies jegliche Schuld von sich und beschuldigte seinen Prokuristen, der, so Kaufmann, umfassende Vollmachten hatte und die Geschäfte selbsttätig leitete.«

»Und?«, hakte ich nach, weil von der Kommissarin nichts mehr kam. »Was ist dabei herausgekommen?«

»Nichts ist dabei herausgekommen!«, echauffierte Melanie Heller sich, offenbar ging ihr die Sache immer noch an die Nieren. »Der Prokurist war spurlos verschwunden, hatte sich wohl mit den Millionen abgesetzt, die er ›erwirtschaftet‹ hatte. Das Letzte, was wir von dem sahen, war eine Buchung für einen Flug nach Brasilien! Ohne Rückflug. Kaufmann entschädigte die betrogenen Bauherren und war ein paar Millionen ärmer, aber ansonsten fein raus.«

›Bis ein abgehalfterter Schreiberling ihm auf die Schliche kam und ihn ausnahm wie eine Weihnachtsgans!‹, schoss es mir durch den Kopf. Nur, wenn es damals um Millionen ging, warum gab sich der Erpresser mit vergleichsweise geringen Summen zufrieden? Allerdings hatte er in seiner letzten Forderung die Summe mehr als verdoppelt. Hatte er erst später vom wahren Reichtum seines Opfers erfahren?

»Du hast uns sehr geholfen, Melanie«, bedankte ich mich bei der Kommissarin. Tobias nickte nur in ihre Richtung und eilte zur Tür. Offenbar konnte er das Büro nicht schnell genug verlassen. Kopfschüttelnd folgte ich ihm. Ich glaubte jedoch, die Blicke Melanie Hellers in meinem Rücken zu spüren.

* * *

TOBIAS

»Also, mit Ruhm bekleckert hast du dich vorhin ja nicht gerade«, beschwerte sich Denise. »Hättest ja ruhig auch mal ein paar Takte sagen können, statt alles mir zu überlassen!«

Ich tat so, als müsse ich mich auf den Verkehr konzentrieren und gab nur ein Brummen von mir. Sie hatte ja recht, das Gespräch mit meiner Ex war mir unangenehm gewesen. Da war ich ganz froh, dass Denise das Wort geführt hatte. »Was sagst du denn zu dieser Betrugsgeschichte?«, versuchte ich, von diesem heiklen Thema abzulenken.

Denise seufzte tief. »Dir ist nicht zu helfen!«, beklagte sie sich. »Was ich davon halte? Das kommt mir alles reichlich suspekt vor. Wieso lässt sich der Kerl von Scholl für eine Sache erpressen, die der Polizei ohnehin bekannt ist? Hast du da mal drüber nachgedacht?«

Hatte ich. »Vielleicht war er es ja gar nicht, und alles ist ein Riesenzufall! Oder Scholl hat ihn wegen seiner Kandidatur für den Stadtrat mit dieser Sache unter Druck gesetzt.« Allerdings hegte ich insgeheim noch eine andere Befürchtung, nämlich dass die Zeugin Klausen sich schlichtweg geirrt hatte! Es ist schließlich eine bekannte Tatsache, dass Zeugen sich oft schon nach kurzer Zeit nicht mehr genau an alle Einzelheiten eines Ereignisses erinnern können. Unser Gehirn ist aber so konstruiert, dass es Lücken mit plausibel erscheinenden Informationen aufzufüllen versucht. In diesem konkreten Fall könnte Eveline Klausen das von ihr unbewusst abgespeicherte Bild des Politikers Ludwig Kaufmann einfach auf den Mann im Treppenhaus reflektiert haben, weil er so ähnlich aussah. Allerdings hatten wir ja noch das vor dem Haus in Troisdorf und in Bonn vor dem Verlag gesichtete rote Cabrio. Hoffentlich rückte diese Frau Tillmann bald mit dem von ihr notierten Kennzeichen heraus!

»Das lässt sich ja herausfinden. Wenn wir Barabhebungen über jeweils 20.000 Euro von einem seiner Konten zu den Zeiten nachweisen können, die mit den Überweisungen auf Scholls Konto korrespondieren ...«

»Dazu müssten wir aber zuerst eine Handhabe für die Überprüfung seiner Bankkonten haben«, unterbrach ich sie. »Mit den derzeitigen Informationen erhalten wir aber garantiert keine richterliche Verfügung. Lass uns erst einmal hören, was er uns zu sagen hat.«

Wir fuhren nämlich gerade durch ein riesiges schmiedeeisernes Tor auf das Grundstück des Herrn Kaufmann. In der Firma, die wir zuerst aufsuchten, sagte man uns, der Chef sei heute zu Hause. Ich war beeindruckt. Das Grundstück mochte locker die Größe eines Fußballfeldes haben und glich einer Parklandschaft.

Linker Hand stach ein großer Teich mit Pavillon auf einer kleinen Insel mittendrin direkt ins Auge. Eine filigrane Holzbrücke führte zum Ufer. Rechts des breiten Weges, der beidseitig von präzise geschnittenen Hecken begrenzt wurde, schimmerte ein großer Pool im Sonnenlicht. Ich parkte den Wagen auf einer befestigten Fläche vor dem Wohnhaus direkt neben dem roten Flitzer des Eigentümers. Er war also daheim.

* * *

Keine drei Minuten später wanderten wir auf einem gewundenen Kiesweg in Richtung Teich. Nach Auskunft eines Bediensteten in Livree, der uns mit vornehmem Getue an der Haustür empfing, befand sich ›der Herr Kaufmann‹ im Pavillon, den er wohl auch als Arbeitszimmer nutzte.

»Hat dieser Mensch doch tatsächlich einen Butler!«, wunderte sich Denise kopfschüttelnd. »So gut möchte ich es auch mal haben.«

»Dann fang schon mal an, zu sparen. Mit deinem Gehalt als Polizistin kannst du dir sowas doch locker in - sagen wir - Tausend Jahren leisten«, grinste ich sie an. Sie streckte mir nur keck die Zunge heraus.

Ludwig Kaufmann wirkte nicht überrascht, als wir den Pavillon betraten. Ich nahm daher an, er war von seinem Hausdiener telefonisch über unser Kommen unterrichtet worden, jedenfalls konnte ich ein Mobiltelefon neben einem Laptop auf dem Tisch ausmachen.

Jetzt klappte er den Rechner zu und hob den Kopf. »Mein Butler hat Sie bereits angekündigt. Was kann ich dieses Mal für die Polizei tun?«, begrüßte er uns. Seine Stimme klang angenehm, ich glaubte jedoch, einen sarkastischen Unterton herauszuhören. Die Ähnlichkeit mit dem Gesicht auf unserer Phantomzeichnung war aber in der Tat frappierend.

»Kommissare Malowski und Heller, Kripo Siegburg«, stellte ich uns knapp vor. »Kennen Sie einen Helmut Scholl?«, fiel ich gleich mit der Tür ins Haus und beobachtete ihn bei der Namensnennung sehr genau. Sein Gesicht blieb allerdings regungslos, nicht einmal ein leichtes Zucken seiner Augen war zu bemerken.

»Natürlich kenne ich den Herrn«, gab er, ohne zu zögern, zurück. Ich wechselte schnell einen Blick mit Denise. »Aber nein, wie dumm von mir!«, fuhr Kaufmann ungerührt fort. »Der heißt ja Scholz. Ein Kunde von mir.«

Ich atmete tief durch. »Wo waren Sie am Montag, dem 5. Oktober, um 22:00 Uhr, Herr Kaufmann?«, wagte ich einen erneuten Vorstoß. Der Kerl war wirklich eine harte Nuss.

Jetzt verzog er seine Mundwinkel zu einem zufriedenen Lächeln. »Oh, das kann ich Ihnen sogar recht genau sagen, Herr Kommissar! Ich war dort, wo ich mich am Tag zuvor und am Tag darauf auch aufhielt: in München.«

»In München?«, wiederholte Denise. »Und was taten Sie dort? Und kann das jemand bezeugen?«

Kaufmann legte selbstgefällig die Hände zu einer Pyramide zusammen. »Nummer Eins: das geht Sie nichts an. Und Nummer Zwei: Ich war allein dort. Es gibt allerdings eine Hotelbuchung, Sitzplatzreservierungen für den ICE, Eintrittskarten für die Messe, und was weiß ich noch alles. Man hinterlässt doch immer irgendwelche Spuren, nicht wahr?«

›Und ob man das tut, Freundchen!‹, dachte ich grimmig. Der Mann war aalglatt. Aber hier und jetzt konnten wir nichts ausrichten, wir mussten wohl oder übel sein Alibi überprüfen. »Wir würden uns gerne kurz mit Ihren Bediensteten unterhalten, wenn Sie nichts dagegen haben«, erklärte ich ihm abschließend. »Und wenn es Ihnen nicht allzu viel Mühe bereitet, händigen Sie uns bitte die erwähnten Unterlagen über Ihre Fahrt nach München aus!«

Kaufmann wölbte die Brauen. »Gerne, aber darf ich auch erfahren, was die Fragerei soll? Bin ich verdächtig? Und falls ja, welchen Vergehens werde ich beschuldigt?«

»Mord, Herr Kaufmann. Ein Mann namens Helmut Scholl wurde getötet, und wir suchen seinen Mörder«, informierte ich ihn ungehalten. »Und seien Sie gewiss, dass wir ihn früher oder später finden werden!«

»Arbeiten Sie eigentlich oft von zu Hause aus, Herr Kaufmann?«, warf Denise wie nebenbei ein. »Das würde mir auch gefallen.«

»An den meisten Tagen, Frau Kommissarin«, antwortete Kaufmann aufgeräumt. »Ich habe hier alles, was ich dazu benötige: Meine Ruhe, Telefon und Internetanschluss. Meine Geschäftsnummer ist zudem auf mein Handy umgeleitet. Außerdem habe ich einen äußerst fähigen Prokuristen, der sich in meiner Abwesenheit hervorragend um die Firma kümmert.«

»So wie der, der sich im letzten Jahr nach Brasilien abgesetzt hat?«, konnte ich mir eine Bemerkung nicht verkneifen. Zeigte er jetzt eine Reaktion? Jedenfalls glaubte ich, ein winziges Zucken seiner Augenlider zu erkennen.

»Schwarze Schafe gibt es überall«, gab er unfreundlich zurück. »War's das jetzt? Ich habe noch zu tun!«

* * *

DENISE

Die Information, dass Kaufmann ein Arbeiten von zu Hause dem in seinen Geschäftsräumen vorzog, konnte durchaus wichtig für uns sein. Sollte es nämlich notwendig werden, ihn mit einem größeren Aufgebot noch einmal aufzusuchen, konnten wir uns den Weg zu seiner Firma sparen und gleich dort hinfahren. Daher meine diesbezügliche Frage an ihn.

Zurzeit sah es jedoch überhaupt nicht danach aus, als könnten wir dem Mann in irgendeiner Weise an den Karren fahren. Sämtliche Bedienstete, die wir befragt hatten - und das waren nicht wenige - sagten einhellig aus, dass ihr Dienstherr am Samstag, dem 3. Oktober mit dem Intercity nach München gereist, und erst am Abend des 6. Oktober zurückgekehrt sei.

Der Hobby-Golfer Kaufmann hatte die GOLF EUROPE, eine internationale Fachmesse für den Golfsport, die vom 4. Oktober bis zum 6. Oktober in München stattfand, an allen drei Tagen besucht und konnte die abgestempelten Tageskarten vorweisen, sowie die ICE-Fahrausweise für Hin- und Rückfahrt, ebenfalls ordnungsgemäß abgestempelt.

Tobias rief die Nummer des Hotels an, die Kaufmann uns gab, und erhielt von der Dame an der Rezeption eine Bestätigung über einen Hotelaufenthalt für die drei Übernachtungen. Herr Kaufmann sei am Samstag, dem 3. Oktober angereist und habe das Zimmer um 12:00 Uhr am 6. Oktober zurückgegeben, hieß es.

»Und was jetzt?«, fragte ich meinen Partner etwas ratlos. Uns waren soeben nahezu sämtliche Optionen ausgegangen. Wir steckten sowas von in einer Sackgasse.

»Na ja, theoretisch kann man es schon schaffen, mal zwischendurch mit dem ICE zurückzukommen, einen Mord zu begehen und wieder nach München zu fahren. Oder man nimmt einen Flieger.«

»Aber wirklich nur theoretisch!«, wies ich seine Überlegung zurück. »Denk doch mal nach: Der konnte doch gar nicht wissen, ob Scholl dann auch tatsächlich daheim sein würde!«

»Er hat es vielleicht einfach drauf ankommen lassen«, blieb Tobias hartnäckig. »Im Zweifel hätte er den Aufwand umsonst getrieben. Und wenn er den Mord nicht hätte verüben können, gäbe es ja auch keine diesbezüglichen Ermittlungen! Morgen früh versuche ich aber zuallererst, diese Politesse in Bonn zu erreichen. Wenn das von ihr notierte Kennzeichen mit dem von Kaufmanns Auto übereinstimmt ...«

»... ist auch nichts gewonnen, Tobi!«, bremste ich seinen Optimismus. »Dann wissen wir lediglich, dass Kaufmann am 20. September vor dem Verlag herumlungerte. Das ist ja nicht strafbar!«

»Ja, du hast recht«, gab Tobias zerknirscht zu. »Das ist nur ein Indiz, mehr nicht. Dann bleibt also nur noch der Speicherchip, nachdem wir in den restlichen Manuskriptseiten keine Hinweise mehr gefunden haben.«

»Die haben gar nichts mehr von sich hören lassen«, fiel mir jetzt auf. »Ich geh mal rüber in die Forensik und frage Klaus, wie weit er damit ist.«

* * *

Als ich die Räume der KTU betrat, sah ich Klaus Dreyer schon von weitem an seinem Arbeitsplatz, einem mit elektronischen Bauteilen übersäten Schreibtisch, an irgendwas herumschrauben. Na ja, das tat er eigentlich meistens. Was das aber auch immer sein mochte, woran er da herumwerkelte, unser Speicherchip aus Scholls Bücherversteck war es jedenfalls nicht!

Klaus war hochkonzentriert in seine Arbeit vertieft und schreckte ordentlich zusammen, als ich an den Tisch herantrat. »Ach, Denise!«, erklang es beinahe schuldbewusst aus seinem Mund. »Hab dich gar nicht hereinkommen sehen ... Wenn du nach der SD fragen wolltest ... Die ist noch nicht so weit. Sorry, hab vergessen, Bescheid zu sagen!« Er machte Anstalten, sich wieder dem Teil in seiner Hand zu widmen.

Ich seufzte. Ob das normal war, dass hier lauter Chaoten herumliefen? Aber mit der Zeit gewöhnte man sich wohl daran. »Kannst du mir denn wenigstens sagen, ob da überhaupt was zu machen ist, Klaus?«, wagte ich einen Vorstoß. »Wir kommen nämlich momentan überhaupt nicht so recht weiter und benötigen dringend das, was da drauf abgespeichert ist!« Falls denn da überhaupt jemals was drauf war. Aber warum sonst sollte jemand solch einen Aufwand treiben?

»Okay, folgendes: Wenn man eine solche Speicherkarte in einen Slot steckt und die Daten darauf können nicht gelesen werden, gibt es genau drei Möglichkeiten«, begann er in einem dozierenden Tonfall. Immerhin legte er aber nun das Teil, irgendeine Platine, beiseite. »Nummer Eins: Die Karte wird gar nicht erst erkannt. Das erkennst du daran, dass kein Laufwerksbuchstabe im System angelegt wird. Nummer Zwei: Es erscheint ein Laufwerksbuchstabe, die Karte ist aber nicht lesbar.

Das kann alle möglichen Ursachen haben, meist sind es defekte Speicherzellen. Und schließlich kann die Karte formatiert worden sein, dann sieht es so aus, als sei sie leer. In diesem Fall könnte man die Daten aber wiederherstellen.«

»Und was davon trifft in unserem Fall zu?«, fragte ich zaghaft. Irgendwie drängte sich mir der Verdacht auf, dass Nummer Eins der Schlimmste aller Fehler war.

»Nummer Eins«, sagte er prompt. »Wird gar nicht erst erkannt. Aber ich denke, dass ich das hinbekomme. Mir fehlt nur noch eine kleine Zutat, die ich erst bestellen musste und die ich hoffentlich morgen früh in der Post habe. Und zwar gehe ich davon aus, dass die Kontakte stark abgenutzt sind, ich muss sie mit einem Speziallack restaurieren.«

Na, das hörte sich jetzt ja doch gar nicht so übel an, fand ich. Ich bedankte mich für die Information und ließ ihn weiterarbeiten.

DREIZEHN

TOBIAS

Mittwoch, 21. Oktober, 9:48 Uhr

»Haben Sie vielen Dank, Frau Tillmann«, verabschiedete ich mich bei der Kollegin vom Bonner Ordnungsamt. Nach mehreren Versuchen meinerseits, die Politesse auf ihrer Dienststelle zu erreichen, hatte sie mich vorhin endlich zurückgerufen. »Ich muss Sie aber bitten, den Block, auf dem Sie die Nummer notiert haben, gut aufzubewahren. Es könnte noch wichtig werden! Oder noch besser: Sofern Sie ihn nicht mehr benötigen, würde ich ihn gerne als Beweismittel zu unseren Ermittlungsakten nehmen ... ... Kein Problem für Sie? Prima, dann komme ich in den nächsten Tagen mal bei Ihnen vorbei, um ihn abzuholen.«

»Und?«, überfiel Denise mich, kaum dass ich den Hörer aufgelegt hatte. »Was sagt sie?«

»Der Z4 von Kaufmann stand am 20. September tatsächlich vor dem Verlag im Halteverbot«, unterrichtete ich sie. »Das Kennzeichen, das die Frau Tillmann sich notierte, stimmt überein. Und da sie den Mann am Steuer anhand des Phantombildes erkannte, muss es auch Kaufmann höchstpersönlich gewesen sein, der dort auf der Lauer lag!«

»Wenn wir das Alibi von Kaufmann nicht knacken können, hilft uns das zunächst dennoch nicht weiter«, wiederholte Denise das bereits gestern Gesagte und schaute auf die Uhr. »Wir müssen jetzt auch langsam zur Fallbesprechung. Wenn doch nur schon ein Ergebnis von Dreyer vorläge, er meinte ja, dass er heute Vormittag wahrscheinlich etwas bezüglich der Speicherkarte unternehmen könne!«

Ich schaute ebenfalls auf die Uhr. »Ein paar Minuten haben wir noch«, gab ich zurück. In diesem Augenblick klingelte mein Telefon; ich erkannte eine Nummer aus dem Ortsnetz München im Display. Nanu, was könnte denn jemand aus der bayerischen Hauptstadt ...?

»Wartest du einen Moment auf mich, Denise?«, bat ich und nahm den Hörer zur Hand. »Ach, das ist ja interessant!«, hörte ich mich eine Minute später sagen, nachdem der Mann am anderen Ende der Leitung einige Worte zum Grund seines Anrufes vorgetragen hatte. »Schießen Sie los, ich bin ganz Ohr!« Ich stellte an meinem Telefon den Lautsprecher an, damit Denise mithören konnte. Was der Anrufer zu sagen hatte, war nämlich eine mittlere Sensation!

* * *

Hauptkommissar Donner sah mit missbilligender Miene auf die Uhr, als ich mit Denise, gute zehn Minuten zu spät, den Besprechungsraum betrat. Pünktlichkeit war ihm wichtig, auch wenn er natürlich selbst am besten wusste, dass man in einer Mordermittlung nicht immer alles einfach stehen und liegen lassen kann. Außer ihm waren nur noch Theisen und Frohn anwesend. Schade, ein Klaus Dreyer, der freudestrahlend verkündete, er habe den defekten Speicherchip erfolgreich auslesen können, käme uns jetzt gerade recht. Von der Forensik war jedoch niemand anwesend.

»Sorry, Chef«, entschuldigte ich unser verspätetes Eintreffen, während wir eilig unsere Plätze einnahmen. »Da kam noch ein wichtiger Anruf, als wir uns gerade auf den Weg machen wollten. Das Warten hat sich aber gelohnt, wir haben nämlich das Alibi von diesem Kaufmann geknackt!«

Donner tat jetzt etwas Außergewöhnliches: Er setzte sich mit an unseren Tisch, das war noch niemals vorher vorgekommen! »Schießt los!«, bellte er. Offenbar waren seine Nerven aufgrund der Misserfolge der letzten Tage zum Zerreißen gespannt.

»Und zwar rief mich vorhin ein Herr Steiner aus München an«, spannte ich ihn und die Kollegen nicht länger auf die Folter. »Herr Steiner leitet eine sogenannte Alibi-Agentur!«

»Alibi-Agentur?«, echote Donner.

»Ihr wisst schon, das sind diese Einrichtungen, die jetzt überall wie Pilze aus dem Boden schießen. Sozusagen als Gegenstück zu einer Detektei. Nur, dass hier etwas verschleiert wird, statt es aufzudecken.«

»Ich weiß, was das ist!«, brummte der Chef. »Und weiter?«

»Nun, Steiner hatte mitbekommen, dass der Anruf, den ich gestern bei dem angeblichen Hotel in München tätigte, von der Polizei kam. Und weil seriöse Alibi-Agenturen auf keinen Fall dabei helfen, Gesetzesübertretungen zu vertuschen, rief er mich heute eben an. Um es kurz zu machen: Die Agentur hatte sämtliche Belege, angefangen mit den ICE-Fahrkarten bis hin zu den abgestempelten Tageskarten für die Messe, für ihren Klienten Kaufmann getürkt. Ein Mitarbeiter der Agentur war für ihn auf der Messe und benutzte auch an seiner Stelle die Fahrkarten.«

»Und das Hotel?«

»Das ist einfach. Solche Agenturen reservieren sich in der Regel eine größere Anzahl von Telefonnummern. Jede ist einem Alibi für einen bestimmten Klienten zugewiesen. Je nachdem, welche Nummer man anruft, um zum Beispiel nachzufragen, ob jemand tatsächlich dort war, wo er behauptet hatte, gewesen zu sein, meldet sich die Kollegin im Call-Center entsprechend. In meinem Fall also als Rezeptionistin des Park-Hotels in München!«

»Kaufmann hätte eigentlich wissen müssen, dass sowas einer genaueren Überprüfung nicht standhält«, ergänzte Denise. »Wir hätten ja nur das Hotel zum Beispiel über die Auskunft anrufen müssen, statt auf der Nummer, die er uns nannte. Außerdem muss Kaufmann während der drei Tage irgendwo anders übernachtet haben, da seine Bediensteten seine Abwesenheit ja bestätigten. Ich gehe jede Wette ein, wenn wir die Hotels im Umkreis von Niederkassel abklappern, finden wir eine Buchung des Herrn Kaufmann für diesen Zeitraum!«

Donner erhob sich wieder mit sichtlich zufriedener Miene. »Das war erstklassige Arbeit! Ich bin überzeugt, mit diesen Indizien bekommen wir ohne Probleme einen Haftbefehl und einen Durchsuchungsbeschluss ausgestellt! Ich werde umgehend ...«

Er sollte nicht mehr dazu kommen, uns mitzuteilen, was er unverzüglich zu tun gedachte, denn in diesem Augenblick geschah etwas, das alles verändern sollte: Die Tür flog auf und herein stürmte Jürgen Vogel, noch einen erkalteten Zigarillo zwischen den Lippen, was von Donner missbilligend zur Kenntnis genommen wurde. Hinter dem Leiter der Forensik erschien, etwas bedächtiger, weil er ein Notebook mit aufgeklapptem Bildschirm in Händen hielt, Klaus Dreyer.

»Ich glaube, das hier solltet ihr euch auf der Stelle anschauen!«, japste Vogel atemlos und setzte sich neben mich. Den Zigarillo schob er wie beiläufig in die Tasche. »Klaus hat nämlich etwas für euch, das euch von den Stühlen reißen wird!«

»Ich habe hier im Wesentlichen eine Videodatei, die ich von der Speicherkarte, die ihr uns zur Restaurierung gegeben hattet, kopieren konnte«, gab der IT-Spezialist wesentlich ruhiger von sich. »Einige Fotos sind auch dabei.« Er stellte den tragbaren Computer behutsam auf den Tisch, aufgeklappt war er ja schon. Im Nu war er umringt von uns allen, Donner eingeschlossen. Klaus startete den Mediaplayer und fünf Augenpaare starrten gebannt auf den Bildschirm. Dreyer und Vogel hatten uns bereitwillig Platz gemacht, sie kannten das Video ja bereits. Schon nach wenigen Bildern wurde deutlich, dass dieses Video der Schlüssel zu allem war!

* * *

DENISE

Vier Autos jagten mit eingeschalteten Blaulichtern, jedoch ohne Martinshorn, in Richtung Niederkassel-Uckendorf. Begleitet wurden wir von zwei Einsatzfahrzeugen der uniformierten Kollegen, im anderen Dienstwagen fuhren Rolf Theisen und Werner Frohn. Am Ortseingang gedachten wir uns aufzuteilen, die Oberkommissare sollten gemeinsam mit einem der Streifenwagen zur Firma, Tobias und ich dagegen zusammen mit dem Anderen zum Wohnsitz des dringend eines Mordes verdächtigen Ludwig Kaufmann. Spätestens jetzt beglückwünschte ich mich zu der vorausschauenden Frage an Kaufmann, von wo er überwiegend seine Arbeit zu verrichten pflegte.

Mir war beinahe schwindelig von den in den letzten Stunden stattgefundenen Ereignissen, nachdem die Tage vorher von uns allen als Misserfolge verbucht worden waren. Was jedoch im Nachhinein nicht stimmte, jetzt ergab mit einem Mal alles einen Sinn! Einen Haftbefehl benötigten wir für diesen Einsatz nicht, hier bestand dringender Handlungsbedarf wegen Fluchtgefahr! Donner hatte daher, kaum dass das letzte Bild der höchst brisanten Videoaufnahme durchgelaufen war, diesen Einsatz befohlen. Er selbst blieb im Kommissariat zurück.

Mittlerweile war die Trennung vollzogen und wir rasten auf den Landsitz Kaufmanns zu. Theisen und Frohn waren zusammen mit einem Streifenwagen in Richtung Firmensitz abgebogen. Mich hatte das Jagdfieber gepackt und am liebsten hätte ich Tobias angeschrien, endlich mal aufs Gaspedal zu treten, aber wir lagen schon deutlich über der zulässigen Geschwindigkeit.

Dann endlich war es soweit, das schmiedeeiserne Tor lag hinter uns und kaum eine Minute später hielten wir vor der Villa. Kies spritzte zur Seite, als der Streifenwagen neben uns mit blockierenden Rädern ebenfalls zu stehen kam. Türen wurden geöffnet.

»Dort hinüber!«, kommandierte ich hastig, weil ich eine Gestalt über die Brücke laufen und im Pavillon verschwinden sah: Kaufmann! Tobias und die beiden Kollegen von der Schutzpolizei brauchten keine zweite Einladung. Stumm eilten sie mit mir in Richtung Teich.

Während die uniformierten Kollegen draußen Posten bezogen, betraten Tobias und ich den Pavillon. Kaufmann lehnte an einem der raumhohen Panoramafenster und sah uns mit grimmiger Miene entgegen, die Arme hatte er hinter dem Rücken verschränkt. Offenbar hatte er unsere Ankunft vor seinem Haus live mitangesehen, bevor er hier hineinging.

Da der Verdächtige unbewaffnet schien, ließen wir die Dienstwaffen, wie es in solchen Situationen üblich ist, in den Holstern. Wir wussten ja zu allem entschlossene bewaffnete Kollegen draußen vor der Tür. »Herr Kaufmann, Sie sind wegen des dringenden Tatverdachts, Herrn Helmut Scholl in seiner Wohnung getötet zu haben, festgenommen!«, informierte ich den Mann vorschriftsmäßig und griff zu den Handschellen, die an meinem Gürtel befestigt waren. »Machen Sie keine Schwierigkeiten!«

»Sie irren sich, Frau Kommissarin!«, kam es kalt aus Kaufmanns Mund. »Ich werde mit Ihnen nirgends hingehen!« Plötzlich zog er eine Pistole, die er wohl hinten im Hosenbund vor unseren Blicken verborgen hatte.

Automatisch wechselten meine Sinne in eine Art Kampfmodus, in dem, bedingt durch die antrainierten Reflexe, alles viel langsamer abzulaufen scheint. ›Wir haben einen Riesenfehler begangen!‹, schrie es in meinen Gedanken. Kaufmann hatte genügend Zeit gehabt, sich auf unser Erscheinen vorzubereiten, die vorgebliche Kooperation gestern diente nur dazu, uns hinzuhalten! In Zeitlupe sah ich Kaufmann die Waffe ziehen. Neben mir erstarrte Tobias zur Salzsäule. Dann ging alles sehr schnell.

* * *

TOBIAS

Denise erstarrte mitten in der Bewegung, als Kaufmann zu einer verborgenen Schusswaffe griff. Automatisch nahm ich meine Hand vom Holster, um den Angreifer nicht noch zusätzlich zu einer unbedachten Handlung zu provozieren. Dann, es mochten lediglich Bruchteile von Sekunden vergangen sein, schien Denise neben mir regelrecht zu explodieren!

Die Pistole, von Kaufmann mit einem raschen Griff hinten aus dem Hosenbund hervorgezaubert, flog nur einen Lidschlag später in einem hohen Bogen davon. Ich schaute meine Partnerin entgeistert an, während der Verdächtige sich das schmerzende Handgelenk rieb, die Augen starr vor Schreck weit aufgerissen.

Die Bewegung, mit der Denise Malowski in einer Drehung aus der Hüfte heraus das Bein hochriss und den Mann mit einem gezielten Tritt entwaffnete, bevor er die Pistole überhaupt in Anschlag bringen konnte, war im Ansatz nicht einmal zu erahnen gewesen. Die ganze Aktion hatte zudem kaum mehr als eine Sekunde gedauert. Ich war zutiefst beeindruckt.

Im nächsten Augenblick stand Malowski schon bei Kaufmann und drückte ihn mit erstaunlich großer Kraft zu Boden, während sie ihm erneut erklärte, dass er hiermit festgenommen sei. »Was stehst du da herum?«, grinste sie mich anschließend an. »Hol deine Handschellen raus und hilf mir!«

Ich schüttelte meine Benommenheit ab und kniete mich neben sie. »Kickboxen?«, erkundigte ich mich im Plauderton, während ich die Handschellen mit dem typischen klickenden Geräusch um die Handgelenke Kaufmanns zuschnappen ließ.

»Taekwondo.«

»Schwarzer Gürtel?«

»Jep!«

»Das war vorhin richtig toll reagiert von dir«, lobte ich sie und hielt ihr die flache Hand zum Abklatschen entgegen. »Wirklich eine beeindruckende Vorstellung!«

Sie schlug, ohne zu zögern, ein. »Danke, Partner!« Ihre Augen leuchteten, sie freute sich aufrichtig über meine anerkennenden Worte. Eines wurde mir in diesem denkwürdigen Augenblick klar: Denise und ich waren jetzt endgültig in unserer Partnerschaft angekommen! Es war ein tolles Gefühl. Ich wusste, ich würde mich von nun an in jeder Situation auf sie verlassen können. Insgeheim gab ich ihr das Versprechen, dass es umgekehrt ebenso sein würde. Für immer.

VIERZEHN

DENISE

Donnerstag, 22. Oktober, 14:00 Uhr

Die gestrige Aktion war bis auf den bewussten Zwischenfall reibungslos abgelaufen. Trotzdem, und vor allem, weil Kaufmann uns beinahe auf einem falschen Fuß erwischte, hatten wir uns mit der Frage auseinanderzusetzen: Waren wir korrekt vorgegangen, als wir den Pavillon ohne gezückte Dienstwaffe betraten?

Donner meinte, ja. Immerhin hätten wir die beiden uniformierten Kollegen mit schussbereiter Waffe vor der offenen Tür postiert gehabt, die Situation sei überschaubar gewesen, und Kaufmann nicht als gewaltbereit bekannt. Mit Ausnahme der nicht unbedeutenden Tatsache natürlich, dass er von uns wegen Mordes festgenommen werden sollte.

Tobi und ich hatte nach unserer Rückkehr ein langes Gespräch darüber geführt und waren im Nachhinein zu der Einsicht gelangt, unser Vorgehen sei vielleicht doch etwas leichtfertig gewesen. Trotzdem wir hier in Deutschland nicht ständig mit gezückter Waffe herumlaufen, selbst bei einer einfachen Verkehrskontrolle, wie das unsere amerikanischen Kollegen zu tun pflegen, ist Selbstschutz in unserem Beruf gerade bei Festnahmen ein absolutes Muss.

Trotz allem hatte sich bei mir nach dieser Aktion ein Hochgefühl eingestellt, wie ich es seit meinem Dienstbeginn vor knapp drei Wochen noch nicht erlebt hatte, und das immer noch anhielt. Tobi und ich hatten endlich eine funktionierende Partnerschaft ohne Vorbehalte! Hatte sich während der Tage, die wir gemeinsam ermittelten, nach und nach ohnehin schon gezeigt, wie gut wir uns gegenseitig ergänzten, war die gelungene Festnahme nur noch der krönende Abschluss gewesen.

Immerhin hatte sich gezeigt, dass ich noch nichts verlernt hatte, obwohl ich mein Training in letzter Zeit sträflich vernachlässigte. Ich nahm mir aber vor, in Zukunft wieder häufiger zu trainieren, einen Taekwondo Club hatte ich hier in Siegburg schon aufgetan. In diesem Zusammenhang fiel mir ein, dass ich mit meinen Eltern immer noch nicht über meine Umzugspläne gesprochen hatte.

»Ihr zwei geht jetzt da hinein und nehmt den Kerl auseinander!«, holten mich die Worte des Chefs aus meinen Gedanken zurück in die Wirklichkeit. Wir standen nämlich alle gemeinsam im Vorraum zum Vernehmungszimmer und bereiteten uns mental auf das gleich im Anschluss geplante Verhör vor.

Ich warf noch einen letzten Blick durch den venezianischen Spiegel: Eine Nacht in der Zelle hatte das selbstgefällige Grinsen nachhaltig aus Ludwig Kaufmanns Gesicht gewischt, und er wirkte leicht derangiert neben seinem korrekt gekleideten und sicher teuren Anwalt, mit dem er seit einer Stunde dort zusammensaß.

»Mit dem, was wir haben, könnt ihr Kaufmann locker überführen«, merkte Donner noch an, bevor er uns in das Verhör entließ. »Und nun los mit euch, ihr packt das schon!« Selbst Werner Frohn und Rolf Theisen klopften Tobi und mir aufmunternd auf die Schulter, bevor wir uns aufmachten. Offenbar hatte ich die beiden doch etwas unterschätzt, sie neideten uns den Erfolg wohl nicht. Vielleicht waren Sie aber auch einfach nur froh, es nicht selbst tun zu müssen.

Wir hatten unsere ›Hausaufgaben‹ gemacht, insbesondere lag uns bereits dank eines superschnellen Gerichtsbeschlusses die Kontoauskunft über sämtliche Konten des Beschuldigten vor, und die Forensik war seit dem frühen Morgen in den privaten und geschäftlichen Räumlichkeiten zugange. Außerdem hatte es heute Vormittag eine Gegenüberstellung unter Beteiligung der Zeugin Eveline Klausen gegeben.

Dennoch flatterten mir mit einem Mal ganz schön die Nerven in Gedanken an die nächsten Stunden. Dass der Chef ausgerechnet uns beiden das Verhör überließ, rechnete ich ihm hoch an, er übertrug uns jedoch eine große Verantwortung damit. Außerdem war es die allererste Vernehmung eines Mordverdächtigen, die Tobias und ich gemeinsam durchführten! Ich atmete noch einmal tief durch und folgte meinem Partner nach nebenan.

* * *

»Zunächst möchte ich im Namen meines Mandanten eine Erklärung abgeben«, eröffnete uns Rechtsanwalt Bernd Richter, nachdem Tobias die obligatorische Belehrung zur Gültigkeit von Bild- und Tonaufzeichnungen erteilt, und die Namen und Dienstgrade der vernehmenden Beamten ins Mikrofon gesprochen hatte.

»Und zwar«, fuhr Richter fort, »legt mein Mandant großen Wert darauf, klarzustellen, dass die Aktion mit der Schusswaffe eine Überreaktion von ihm gewesen ist und keinerlei Schuldeingeständnis darstellt!«

»Zur Kenntnis genommen!«, bellte Tobias. »Können wir dann jetzt?« Der Anwalt hatte natürlich recht, allein deswegen konnten wir Kaufmann nichts anhaben. Das war allerhöchstens als Bedrohung und Widerstand gegen die Staatsgewalt zu werten. Aber wir hatten ja noch mehr!

»Bleiben Sie bei Ihrer Aussage, einen Helmut Scholl weder zu kennen noch jemals von einem Mann mit diesem Namen gehört zu haben, Herr Kaufmann?«, stellte ich, wie abgesprochen, die erste Frage.

»Selbstverständlich bleibt Herr Kaufmann dabei!«, kam postwendend die Antwort von Richter. Offenbar hatte er sich mit seinem Mandanten verständigt, solche Fragen an seiner Stelle zu beantworten. Mal schauen, wie es sich mit der nächsten verhielt.

»Wie kommt es dann, dass man Sie und ihr Auto Anfang des Monats vor dem Haus sah, in dem besagter Helmut Scholl wohnte?«, brachte Tobias nämlich sofort unseren ersten Trumpf ins Spiel. »Es gibt einen zuverlässigen Zeugen dafür!«

»Und was machten Sie am 20. September vor dem Verlagsgebäude in Bonn, wo sich zu diesem Zeitpunkt Herr Scholl zu einem Gespräch mit der Verlagsleitung eingefunden hatte?«, ergänze ich, ohne Kaufmann auch nur eine Sekunde des Nachdenkens zuzugestehen. »Dafür haben wir ebenfalls einen Zeugen. Alles Zufall, oder was?«

»Was immer es damit auf sich haben mag, es ist nicht strafbar«, erklärte der Rechtsanwalt ruhig, während Kaufmann weiterhin eisern schwieg. Zeit für einen ersten Schuss vor den Bug, dachte ich und legte mir die folgenden Worte sorgfältig zurecht.

»Sie werden sich erinnern«, wandte ich mich an den Tatverdächtigen, »dass Sie heute Vormittag schon einmal in diesem Raum waren, gemeinsam mit vier weiteren Männern und diesen schicken Nummerntafeln in den Händen?« Sah ich jetzt Interesse in seinen Augen aufglimmen? »Wie Sie vielleicht schon vermutet haben, handelte es sich dabei um eine Gegenüberstellung!«

»Und die war positiv, Herr Kaufmann!«, übernahm Tobias wieder. »Als Sie am 5. Oktober abends die Treppe nach oben zur Wohnung des Herrn Scholl nahmen, kam Ihnen eine Frau entgegen, Sie erinnern sich?« Kaufmanns Augen wurden zu schmalen Schlitzen, er schien konzentriert nachzudenken. Ob er damals so sehr in Gedanken war, dass er die Frau gar nicht bewusst wahrgenommen hatte? »Der 5. Oktober war übrigens der Todestag von Helmut Scholl, sollte es Ihnen entfallen sein!«, schob Tobias genüsslich hinterher.

»Wir bitten um eine Pause«, erklang nicht ganz unerwartet die Stimme des Anwalts. »Ich möchte mich mit meinem Mandanten kurz beraten!«

* * *

TOBIAS

Die Pause dauerte gerade einmal lange genug für Denise, mit Genuss eine Tasse Kaffee zu trinken, und für uns beide, unseren Adrenalinpegel ein wenig herunterzubringen. Ich war von meiner Partnerin begeistert. Wie sie die Befragung im Wechsel mit mir durchführte, war einfach genial. Es war, als wären wir eine einzige Person.

Ich versuchte, den Gesichtern von Kaufmann und Richter anzusehen, was in unserer Abwesenheit besprochen wurde. Es war mir nicht möglich. »Können wir dann jetzt weitermachen?«, fragte ich daher, während ich die Aufzeichnungsgeräte erneut einschaltete.

»Herr Kaufmann räumt ein, an besagtem Tag im Haus Friesenstraße 5 in Troisdorf gewesen zu sein«, gab der Anwalt sofort eine Erklärung ab. Es kam nicht unerwartet. Kaufmann hatte natürlich erkannt, dass er zugeben musste, was wir ihm ohnehin nachweisen konnten. »Er bestreitet jedoch, die Wohnung betreten zu haben. Herr Scholl habe auf sein Klingeln nicht geöffnet und so sei mein Mandant wieder gegangen.«

»Wie ist er durch die Haustür gekommen?«, hakte Denise ein.

»Sie war offen«, brachte Kaufmann jetzt hervor. Es war seine erste eigene Wortmeldung während der gesamten bisherigen Vernehmung. Das mit der Haustür konnte natürlich stimmen, es war uns ja ebenfalls aufgefallen, dass sie meist nicht im Schloss eingerastet war. Aber natürlich gab Kaufmann damit Insiderwissen kund. Er war demnach tatsächlich im Haus gewesen!

»Wussten Sie eigentlich, dass jeder gesunde Mensch bis zu hundert Kopfhaare pro Tag verliert, Herr Kaufmann?«, brachte Denise im Plauderton vor. »Nein? Es ist aber so. Was glauben Sie: Werden wir eine Übereinstimmung mit Ihrer DNA erhalten, wenn wir alle in der Wohnung gefundenen Haare untersuchen?« Kaufmann erbleichte, hatte sich jedoch noch gut in der Gewalt.

»Es ist, wenn ich recht überlege, möglich, dass ich mich in der Vergangenheit tatsächlich einmal in den Räumlichkeiten aufgehalten habe«, räumte er schließlich ein. Es klang etwas heiser. Sein Rechtsanwalt musterte ihn kritisch von der Seite.

»Und in welcher Beziehung standen Sie jetzt genau zu Herrn Scholl? Wo wir schon bei Zugeständnissen sind!«, versuchte ich, ihn zu provozieren.

»Kennen Sie diesen Brief?« Denise schob ihm wie beiläufig eine Abschrift des Erpresserbriefes hin. Kaufmann beugte sich interessiert vor und erbleichte erneut.

»Ich sage Ihnen, wie es sich abgespielt hat«, ergriff ich die Gelegenheit. »Sie wurden von Herrn Scholl erpresst. Zweimal. Wir konnten übrigens Barabhebungen von Ihrem Privatkonto in exakter Höhe der jeweiligen Kontoeingänge bei Scholl ermitteln. Und zwar waren diese Abhebungen jeweils kurz vorher. Dann jedoch wurde Herr Scholl gierig und erpresste sie erneut, dieses Mal mit einer weitaus höheren Summe. Sie beschlossen, dem ein Ende zu setzen, und töteten ihn!«

»Das sind doch alles haltlose Spekulationen, Herr Kommissar!«, ereiferte sich Richter, Kaufmann schwieg weiterhin eisern. Ob er ahnte, dass wir noch ein As im Ärmel hatten?

Als hätte sie meine Gedanken gelesen, stellte Denise jetzt ein Notebook auf den Tisch und drehte es so, dass Rechtsanwalt und Mandant gleichermaßen auf den Bildschirm blicken konnten. »Ich glaube, es ist an der Zeit für eine kleine Vorführung!«, erklärte sie lapidar und startete das in Scholls Wohnung gefundene Video.

Viel zu erkennen war zunächst nicht. Das Bild auf dem Monitor blieb dunkel, nur bei genauem Hinsehen waren schattenhafte Umrisse von Büschen, Bäumen und so weiter zu erkennen. Die Aufnahme war in der Nacht entstanden. Wir wussten jedoch spätestens seit unserem ersten Besuch bei Kaufmann, wo die Aufnahme entstanden war.

Das Bild wackelte stark, als der unbekannte Beobachter den Standort wechselte, um im Schutz einiger Büsche näher an ein noch nicht erkennbares Geschehen heranzugehen.

Dann aber riss mit einem Mal die Wolkendecke auf und im klaren Licht des Vollmondes war zu erkennen, wie ein Mann von rechts in die Szene kam, einen leblosen menschlichen Körper hinter sich herziehend. Der Mann selbst war jedoch nur von hinten von der Kamera erfasst worden. Die Lokalität dagegen war eindeutig: Es handelte sich um den Teich in Kaufmanns Park. Allerdings fehlten sowohl die Brücke als auch der Pavillon. Wasser befand sich auch noch keines drin.

Ich beobachtete scharf die Reaktionen der beiden Männer uns gegenüber: Rechtsanwalt Richter hatte fassungslos die Augen weit aufgerissen, sein Mandant dagegen schien gar nicht hinzuschauen.

Das Geschehen auf dem Computermonitor ging jetzt in die Schlussphase: Es war eindeutig zu sehen, wie die leblose Gestalt in ein Erdloch geworfen wurde, das sich exakt dort befand, wo später einmal der Pavillon stehen würde. Anschließend wurde sie mittels einer großen Schaufel mit Erde bedeckt. Einige Sekunden, bevor der Mond sich wieder hinter der dichten Wolkendecke verbarg, drehte der unbekannte Mann sich um, und sein Gesicht war deutlich zu erkennen. Es war Ludwig Kaufmann!

Denise zog das Notebook wieder zu sich herüber. Genau genommen war diese Videoaufnahme der eigentliche Grund für den sofortigen Zugriff gestern gewesen. Wir wussten zu diesem Zeitpunkt zwar noch nicht, ob wir Kaufmann den Mord an Scholl je würden nachweisen können. Aber *diese* Tat konnten wir ihm beweisen! Und sie war definitiv der Anlass für Scholls Erpresserbriefe, auch wenn noch unklar war, wie das Video in seinen Besitz gelangte. Und wir hatten auch schon eine ganz konkrete Vorstellung darüber, wessen Leiche Kaufmann dort entsorgt hatte.

»Am nächsten Morgen gossen Sie eigenhändig das Fundament für Ihren Pavillon und sorgten somit dafür, dass die Leiche, die Sie in der Nacht dort vergruben, nie wieder ans Tageslicht kam«, ergriff Denise das Wort. »Das mit dem Fundament wissen wir übrigens von Ihrem Butler, der voll des Lobes bezüglich Ihrer handwerklichen Fähigkeiten war, als wir mit ihm sprachen. Und dass Sie sich nicht zu schade seien, auch mal selbst mit anzupacken, meinte er.«

»Was glauben Sie, Herr Kaufmann?«, stellte ich eine rein rhetorische Frage. »Wenn unsere Spezialisten das Fundament aufmeißeln, womit sie übrigens in genau diesem Augenblick beschäftigt sind, werden sie dann die Leiche Ihres angeblich nach Brasilien geflohenen Prokuristen finden?« Kaufmann gab keine Antwort. Ich hatte auch keine erwartet.

EPILOG

Die letzten Gäste haben das *Bajazzo* längst verlassen und Giuseppe ist dabei, die verwaisten Tische zusammenzuschieben. Es ist spät geworden.

»Und so kam es, dass Denise und ich nicht nur unseren allerersten Mordfall gemeinsam lösten, wir wurden im Verlauf der Ermittlungen auch sehr schnell zu einem unschlagbaren Team zusammengeschweißt«, schließt Tobias Heller die Erzählung ab, die er gemeinsam mit Denise Malowski in den vergangenen Stunden zum Besten gab.

»Aber die Geschichte ist doch noch gar nicht zu Ende!«, entrüstet sich Chrissie Ohlsen, die der spannend und abwechslungsreich geschilderten Erzählung gemeinsam mit den Kollegen in den vergangenen Stunden atemlos zugehört hatte. »Was ist denn zum Beispiel mit diesem Kaufmann passiert? Und wo sind Frohn und Theisen abgeblieben?«

»An dieser Stelle komme ich wohl ins Spiel«, lächelt Donner in die Runde. »Wie ihr wisst, habe ich nach Abschluss eines Falles ohnehin immer das letzte Wort, dann soll es auch dieses Mal so sein, obwohl es eigentlich nicht mehr allzu viel zu sagen gibt. Unter dem Druck der Beweise gegen ihn legte Ludwig Kaufmann schließlich ein umfassendes Geständnis ab. Sein damaliger Prokurist war hinter die Betrügereien mit minderwertigen Baumaterialien gekommen und erpresste ihn. Kaufmann lockte ihn in einen Hinterhalt und erschlug ihn, das war die Szene auf dem Video. Woher Scholl die Aufnahme hatte, haben wir aber leider niemals herausbekommen. Kaufmann kam ihm übrigens genauso auf die Spur, wie Denise und Tobias es vermutet hatten. Er folgte der Spur der Bücher.«

Der Kommissariatsleiter macht eine bedeutungsvolle Pause, bevor er seine Ausführungen mit den Worten abschließt: »Denise und Tobias haben bei ihrem ersten gemeinsamen Fall erstklassige Arbeit geleistet, auch wenn sie sich zu Beginn alles andere als grün waren.« Er drohte scherzhaft mit dem Finger in Richtung der Hauptkommissare. »Glaubt ja nicht, das wäre mir verborgen geblieben! Aber immerhin sind sie, allen Widerständen zum Trotz, in nur drei Wochen zu einem funktionierenden Team zusammengewachsen. Und das spricht für ihre Professionalität!«

»Und das war nicht zuletzt den Kollegen Werner Frohn und Rolf Theisen zu verdanken!«, erinnert sich Denise.

»Wie das denn jetzt?«, erkundigt sich Chrissie neugierig.

»Das ist doch sonnenklar!«, erklärt Denise ihr gutgelaunt. »Durch die grenzenlose Faulheit der damaligen Oberkommissare und ihr Talent, unliebsame Arbeiten auf andere abzuwälzen, waren Tobias und ich gezwungen, nicht nur als Partner zusammenzuarbeiten, sondern ebenfalls geschlossen Front gegen die beiden zu machen. So wurden wir das, was wir heute darstellen: ein perfektes Team!«

»Und was hatte es nun mit dieser Wäscheklammer auf sich?«, erinnert sich Horst Weiland an ein bisher nicht erwähntes Detail. »Kaufmann hätte Scholl doch ebenso gut einfach erschießen können!«

»Er wollte kein Aufsehen erregen«, erklärt ihm Denise. »Und er hatte tatsächlich die verrückte Idee, man könne ihm auf diese Weise keinen Mord nachweisen. Zudem glaubte er, wir würden niemals das exakte Tatwerkzeug ermitteln können, da eine Klammer aussieht wie die andere. Die Beweislast war jedoch erdrückend, zumal er haufenweise genetisches Material am Tatort hinterlassen hatte. In die Wanne hatte er den bewusstlosen Scholl verfrachtet, weil der ihm beim Durchsuchen der Wohnung im Wege war. Dabei hat er ihm auch die Beule verpasst.«

»Frohn erkrankte übrigens kurz nach der Pensionierung seines Partners Theisen an Asthma und ließ sich ebenfalls vorzeitig in den Ruhestand versetzen. So kam es, dass es plötzlich zwei freie Stellen gab, die dann mit euch besetzt wurden«, fügt Tobias Heller, an Wolfgang Müller und Horst Weiland gerichtet, hinzu.

»Und wie war das mit der Verstümmelung deines Vornamens?«, wagt Ohlsen eine weitere Frage, an Tobias gerichtet. »In eurer Erzählung fehlt irgendwie, wie ihr das letztendlich geregelt habt. Es hat sich doch bis heute nichts daran geändert!«

Tobias Heller lächelt still in sich hinein. »Ich habe es irgendwann aufgegeben. Immer, wenn ich den Mund aufmachte, um dagegen zu protestieren, fiel mir nichts ein, was ich hätte sagen können, ohne dass es bescheuert klang. Und dann war der Augenblick wieder vorbei. Und es hört sich ja gar nicht mal so übel an, wenn sie das sagt. Da hat es dein Freund Wolfgang schon weniger vorteilhaft getroffen«, grinst er in Richtung Müller, den Chrissie ›Wolfie‹ nennt, wenn sie unter sich sind. Und bei einem Mann mit Kleiderschrankmaßen wie Wolfgang Müller klingt das schon etwas spaßig.

Denise lacht laut auf. »Und ich hab mich jedes Mal gefragt, warum du immer den Mund auf und zu geklappt hast, wenn ich ›Tobi‹ sagte. Das sah aus wie ein Fisch auf dem Trockenen. Ehrlich!«

»So, Leute!«, ruft Donner seine Mannschaft über das aufbrandende Gelächter hinweg zur Ordnung. »Es ist wieder einmal spät geworden. Wie heißt es doch? Wenn es am schönsten ist, soll man gehen. Ich schlage daher vor, wir machen uns langsam alle auf den Heimweg. Der nächste Mörder wartet garantiert schon darauf, von meinem Spitzen-Team - und damit meine ich euch alle - aufgespürt und überführt zu werden!«

Dem ist nichts hinzuzufügen. Mit zufriedenen Gesichtern erheben sich die Ermittler des Kriminalkommissariats 1 zum Gehen. Die Zeche zahlt heute der Chef.

ENDE

Schlusswort des Autors

Sie haben es natürlich gleich bemerkt: Das vorliegende Buch wurde überwiegend im Perfekt geschrieben. Was ist denn aus meinem geliebten Präsens geworden, werden Sie sich fragen. Nun, nachdem die vorliegende Geschichte eine Erzählung vergangener Ereignisse darstellt, hielt ich ausnahmsweise die dafür im Allgemeinen benutzte Zeitform für angebracht. Es wird jedoch eine Ausnahme bleiben.

Der vorliegende Kriminalfall handelt, wie die zuvor, in meiner Heimatstadt. Nach mittlerweile 11 Bänden (und ebenso vielen Tätern) ist an dieser Stelle ein kleiner Hinweis angebracht: Troisdorf hat 75.000 Einwohner, nicht dass Sie etwa denken, hier laufen nur Kriminelle herum!

Es wird Ihnen sicher nicht entgangen sein, dass ich in der Sache mit dem Farbband eine Anleihe bei einem weiteren meiner zahllosen Vorbilder gemacht habe. Und so, wie es seinerzeit Inspektor Columbo mit einer bahnbrechenden neuen Erfindung zu tun hatte, ist es heute umgekehrt so, dass kaum jemand noch Schreibmaschinen benutzt. Für mich *die* Gelegenheit, es als Aufhänger zu benutzen.

Auch möge man es mir nachsehen, dass ich dieses eine Mal etwas ausschweifender war, als man es von mir gewohnt ist. Es handelt sich bei dem vorliegenden Krimi ja irgendwie um eine Art nachträglichen ›Pilot‹ zur Serie, die sind immer etwas umfangreicher. Mir erschien aber nach zehn Fällen des Ermittler-Duos genau der rechte Zeitpunkt dafür zu sein. Und nein - es wird keinen Nachfolger mit dem Titel ›*Tobias*‹ geben ...

Da mir nichts mehr am Herzen liegt, als meine Leser zu unterhalten, hoffe ich, es ist mir mit dem vorliegenden Krimi auch dieses Mal gelungen, Sie auf den Flügeln der Fantasie für eine kleine Weile in eine andere Welt zu entführen. Denn jetzt sind Sie als hoffentlich zufriedener Leser an der Reihe.

Als verlagsunabhängiger Autor muss ich mich nämlich auch um das Marketing selbst kümmern und bin daher auf Ihre Unterstützung angewiesen. Sie helfen mir sehr, wenn Sie meine Bücher bei Amazon bewerten, über sie sprechen und sie weiterempfehlen.

Zu guter Letzt folgt wie immer der Hinweis, dass das Manuskript einem sorgfältigen Korrektorat unterworfen wurde. Bei einem solchen Umfang bleibt leider der eine oder andere Fehlerteufel trotzdem unbemerkt. Dies geht dann wie immer zu meinen Lasten.

Ihr René Falk